Bernhard Weigl

Der Tod

ist nichts

für Deppen

Seltsame Geschichten

über noch seltsamere

Begegnungen

Bibliografische Information der Deutschen Nationalbibliothek:
Die Deutsche Nationalbibliothek verzeichnet diese Publikation
in der Deutschen Nationalbibliografie; detaillierte bibliografische
Daten sind im Internet über dnb.dnb.de abrufbar.

Herstellung und Verlag: BoD – Books on Demand,
Norderstedt.
ISBN: 9783752602838

Umschlaggestaltung: Bernhard Weigl

Homepage des Autors:
https://bernhardweigl-buecher.hpage.com

Inhalt:

Wer mit Ungeheuern kämpft, mag zusehn,
dass er nicht dabei zum Ungeheuer wird.
Und wenn du lange in einen Abgrund blickst,
blickt der Abgrund auch in dich hinein.

Friedrich Nietzsche

Vorwort des Autors

Manchmal ist der Titel eines Aufsatzes oder Buches einfach da. Angeflogen wie Birkensamen mit dem Wind.

Genauso verhielt es sich bei diesem Werk.

Der Buchtitel „Der Tod ist nichts für Deppen" kann natürlich leicht falsch aufgefasst werden.

Selbstverständlich ist der Tod etwas, das uns alle irgendwann betrifft. Anders verhält es sich jedoch mit der Auseinandersetzung damit. Die ist wahrlich nichts für Deppen.

In einigen der nachfolgenden Geschichten geht es um das Thema Tod. Bei Weitem aber nicht in allen. Diese kleinen Erzählungen haben sich bei mir einfach im Lauf der Zeit angesammelt und klopften immer wieder in der Nacht an, weil sie endlich veröffentlicht werden wollten. Gut, sollen sie! Dann habe ich vielleicht endlich meine Ruhe vor ihnen. Manche dieser Geschichten sind bitterernst, andere eher humoristisch, wieder andere einfach nur skurril und manche sind wohl alles zusammen. Ich wünsche dem Leser jedenfalls viel Freude beim Lesen und falls sich jemand in einer Szene wiedererkennt, so bin ich zumindest in den allermeisten Fällen daran unschuldig.

Zuletzt darf ich mich noch für das Korrekturlesen und zahlreiche Diskussionen zu diesem kleinen

Werk bei Katrin Freund, Claudia Kick und natürlich vor allem bei meiner Frau Petra bedanken.

Bernhard Weigl

Das Leben zwischen den Zeilen

Ich bin Schriftsteller. Als ich jung war, dachte ich sogar, dass ich ein großer Schriftsteller sei. Na ja, ich meine, das passiert jedem jungen Menschen einmal. Zumindest muss ich mich für meine damaligen Werke nicht schämen, auch wenn sie vom Pulitzerpreis meilenweit entfernt waren. Mein erstes wirklich veröffentlichtes Werk, das auch noch etwas Geld einbrachte, war ein Kurzgeschichtenband. Es ging darin um die Liebe, deren Scheitern, den Rosenkrieg danach, aber auch um die große Versöhnung. Es ist mir heute noch schleierhaft, dass sich so etwas tatsächlich besser verkauft als jedes gute Sachbuch oder ein Abenteuerroman.

Angelegt hatte ich das damalige Werk auf zwanzig Geschichten, von denen mir neunzehn wirklich zufriedenstellend von der Hand gingen. Für die letzte Geschichte fehlte mir hingegen einige Zeit lang die Eingebung. Sie sollte etwas ganz Besonderes werden. Eher eine Art Tragödie. Normalerweise hatte ich die Gewohnheit, meine Erzählungen vorher durchzuplanen. Änderungen am Konzept nahm ich da meistens wenig vor. Diesmal schrieb ich allerdings einfach drauf los. Da war dieses Pärchen... Sonja und Ralf. Ich beschrieb, wie sich die beiden an der Uni kennengelernt hatten. Hm, ja... Beide studierten Medizin und hatten sich im Hörsaal kennengelernt.

Sie hatte die Mappe fallen gelassen und er, ... nein, furchtbar, ... das wäre zu abgedroschen. Aber was könnte ich stattdessen nehmen? Die Geschichte sollte sich ja nicht wie eine amerikanische Seifenoper anhören. Ich ließ die beiden also Literatur und Kunstgeschichte studieren. In einem Arbeitskreis redeten sie über die Werke von Beuys. Während sie sich als glühende Verehrerin des Künstlers herausstellte, war er genau das Gegenteil davon. Die beiden diskutierten sich so in Rage, dass beinahe die Fetzen flogen. Am selben Abend saß man zufällig in einer Studentenkneipe an der gleichen Bar. Jeder war mit seinem eigenen Freundeskreis gekommen. Wie es so ist: Gegensätze ziehen sich an, der Alkohol tat ein Übriges und die beiden landeten noch in der gleichen Nacht zusammen in Sonjas Bett. Soweit gefiel mir die Geschichte schon einmal ganz gut. Ich überlegte mir, dass Ralf auf jeden Fall am Ende der Geschichte sterben müsste. Für den einen Tag hatte ich jedoch genug geschrieben.

Hatten Sie schon einmal richtig lebendige Alpträume? So... richtig lebendige?

Beim Lesen einer Erzählung stellt sich der Leser für gewöhnlich die Protagonisten bildlich vor. Wahrscheinlich hat jeder ein anderes Aussehen der beschriebenen Romanfiguren im Kopf. Auch, wenn Haarfarbe und Figur der beschriebenen Personen genau vorgegeben sind, jeder Leser verbindet mit den Helden eines Buches eine andere Vorstellung. Dem Schriftsteller geht es ähnlich. Er schreibt über irgendwelche fiktiven Menschen und stellt sich diese irgendwie vor. In dieser Nacht träumte ich von Ralf. Er sah ganz gut aus. Aschblond, dunkle Augen. Ralf saß nachdenklich auf dem Stuhl neben meinem Bett. Eigentlich sah er sogar ein wenig traurig aus. Schließlich sagte er zu mir: *„Weißt du... ich habe mich wirklich in Sonja verliebt. Willst du mich da wirklich sterben lassen?"* Ich war etwas verblüfft, sagte aber nichts. Er redete weiter: *„Ich... ich würde dich zumindest bitten, dass du dir das noch einmal überlegst."*

Dann war mein Traum schon wieder zu Ende. Zumindest kann ich mich an sonst nichts erinnern.

Am nächsten Tag kam ich erst abends wieder zum Schreiben. Diesmal ging es wieder etwas zögerlich. Ralf und Sonja trafen am Tag in der Diskussionsrunde aufeinander und sie zofften sich heftig wegen unterschiedlicher Standpunkte zur Kunst. Nachts stiegen sie miteinander ins Bett und vermieden es absolut, über Literatur zu reden. Das ging ein paar Monate so. Schließlich merkte Sonja... ja, genau, sie war schwanger. Jetzt musste ich Ralf noch irgendwie sterben lassen und ein paar Diskussionen einflechten. Wie sollte ich ihn über den Jordan schicken? Verkehrsunfall? Krebs? Egal, ich war müde und verschob das auf den nächsten Tag.

In der Nacht erschien Ralf wieder neben meinem Bett. Er sah mich an. *„Weißt du?"*, *meinte er, „Wir sind jung. Sonja und ich schaffen das."* Ich musste ein fragendes Gesicht gemacht haben. Er redete weiter: *„Das mit dem Kind. Ich mag Kinder. Und auch, wenn ich noch keinen richtigen Job habe, wir schaffen das schon. Willst du mich jetzt wirklich sterben lassen?"* Ich zuckte mit der Schulter.

„Du bist ein Mistkerl!", rief er, *„Warum kannst du uns nicht glücklich sein lassen?"* Unvermittelt holte Ralf aus und haute mir mit seiner rechten Faust ins Gesicht.

Die meisten Menschen hatten wohl schon Alpträume. Aber nicht jeder hatte ein geschwollenes, dickes blaues Auge beim Aufwachen. Ich schon. Der Anblick im Spiegel verwirrte mich. Natürlich tat das weh und ich drückte mir vorsichtig einen Beutel mit Eiswürfeln auf die betreffende Stelle, aber schlimmer war meine Ratlosigkeit. Hatte ich mich nachts am Bettpfosten gestoßen? Litt ich unter irgendeiner Art von Selbstverstümmelungswahn?

An diesem Tag ging ich nur mit Sonnenbrille aus dem Haus. Zum Glück hatte ich keinen großartigen Termin. Was hatte Ralf in meinem Traum gesagt? Er hatte mich einen Mistkerl genannt. Ich war also dabei, das Leben meiner Romanfiguren zu zerstören? Ich überlegte. Was soll einem ein Traum sagen? War ich auf dem falschen Weg? An diesem

Abend kam ich nicht zum Schreiben. Es dürfte aber niemanden wundern, wenn ich sage, dass ich tatsächlich von Ralf träumte. Er saß wieder auf meiner Bettkante: *„Das mit dem Auge tut mir leid"*, meinte er sichtlich zerknirscht. *„Ich bin eigentlich kein gewalttätiger Kerl, weißt du? Ich wollte... ich wollte eben einfach nur glücklich sein. Das wollen wir doch alle."* Dann schwieg Ralf eine Zeit lang und starrte an meine Schlafzimmerdecke. Schließlich sagte er: *„Also, wenn du mich schon töten musst, dann mach es bitte kurz und schmerzlos"*, er schluchzte, *„und schreib, dass es Sonja und dem Baby gut ging."* Er weinte und verschwand.

Ich wachte schweißgebadet auf. Das war zu viel für mich. Am nächsten Morgen beendete ich diese Kurzgeschichte. Sonja und Ralf heirateten schließlich und wurden glücklich. Das Kind kam gesund auf die Welt. Er bekam einen Job an einem Museum und zumindest über Beuys konnten sie sich ihr ganzes Leben nicht einigen.

Ich sah mich im Spiegel an. Irgendwie kam ich mir ganz stark erpresst vor. Von Ralf? Dazu müsste man glauben, dass einer Romanfigur etwas Lebendiges anhaftete. War ich von meinem Traum erpresst worden? Ein solcher entsprang dem eigenen Unterbewusstsein. Dann hatte ich mich also selbst unter Druck gesetzt? Ich beschloss, diese sinnlose Grübelei auf ein anderes Mal zu vertagen.

Mein Buch wurde übrigens ein richtig schöner Erfolg.

Das Deppen-Tier

Ich saß im Garten und war faul. Nicht, dass ich damit etwa kokettieren will. Das war schlicht und ergreifend einfach die Wahrheit. Nach einer arbeitsreichen und stressigen Woche streckte ich mich in meinem Terrassensessel aus. Neben mir stand eine offene Flasche Bier, kurz vorher aus dem Kühlschrank entnommen. Nur den Kronkorken versuchte ich jedes Mal nach dem Trinken wieder drauf zu pfriemeln. Wegen der Mücken. Wer mag schon sein Feierabendbier mit Fleischeinlage konsumieren.

Ich hatte diese Woche hervorragende Geschäfte gemacht. Beim Thema CO_2-Ausstoß musste ich eigentlich nur lachen. Ich schweige hier besser über meine Tätigkeit. Nur soviel: mit Umweltschutz hat sie wenig zu tun. Dafür um so mehr mit vollen Kassen. Ich bin nicht blöd – nur einfach Realist. Der Mensch muss ja schließlich von irgendetwas leben. Dabei möchte ich mich aber durchaus als einen fried- und auch naturliebenden Typen bezeichnen. Erst vorhin waren mir direkt auf dem Flieder zwei wunderschöne Käfer aufgefallen. Von Artbestimmung habe ich keine Ahnung. Trotzdem habe ich gleich bemerkt, dass die beiden Krabbler fast identisch waren. Nur hatte der eine an seinen Deckflügeln einen rötlich-braunen und der andere einen schwarz-blauen Rand. Ich musste an Darwin denken. An die Konkurrenz der Arten und die Entwicklung des Lebens in der Zukunft und so weiter. Wenn ich jetzt den Käfer mit dem rot-braunen Streifen platt machen würde, dann herrschen über die Erde in 75 Millionen Jahren vielleicht zwei Meter große, hochintelligente Käfer mit einem schwarzen Streifen am Rücken. Im anderen Fall würden in hundert Millionen Jahren die Nachfahren der braun-roten Käfer zum Mond fliegen. Und Kollegen von ihnen würden schlaue Studien anstellen, warum vor Jahrmillionen die schwarzgestreiften Verwandten wohl ausgestorben wären. Ich musste grinsen. Den wahren Grund dafür würden sie nicht einmal erahnen.

Ich entschloss mich, nicht weiter in die Evolution einzugreifen und trank mein Bier. Dabei merkte ich zu spät, dass mich eine Mücke direkt ins Genick gestochen hatte. Ein kräftiger Handschlag machte dem Leben dieses Deppen-Tiers ein Ende. Den juckenden Stich hatte es mir aber leider schon verpasst. *„Siehst du"*, sagte ich in Richtung Mückenleiche auf meiner Handfläche, *„jetzt war ich dein Schicksalsgott. Sonst hättest du es in der Evolution vielleicht noch weit gebracht."* Meine Beschimpfung half nichts, jetzt juckte es schon.

Ich wischte mir die Hand mit der Papierserviette unter meiner Bierflasche ab. Allerdings schlich sich bei mir in den folgenden Minuten ein irgendwie seltsamer Gedanke ein. Vor meinem geistigen Auge erschien eine große Hand, die auf mich einschlug, um die Evolution in eine andere Bahn zu lenken. Ich schüttelte meinen Kopf und griff zur Flasche, um diese unsinnige Eingebung wieder los zu werden.

Die Geschichte „Das Deppen-Tier" war mein Beitrag zum „Bubenreuther Kurzgeschichtenwettbewerb 2019". Sie wurde in der dazugehörigen Anthologie abgedruckt.

Schatten zwischen den Gleisen

Ich stand draußen. Vor den Trittstufen des letzten Zugwagens. Hier war die Luft nicht so stickig wie drinnen bei meinen Kameraden. Unter mir tauchte immer weiter das Band der zwei Schienen auf und verschwand dann in der endlosen Ferne. Tarapp, tarapp. So machte es jedes Mal, wenn der Zug über die Stoßstellen der Gleise fuhr. Wie ein Maschinengewehr, dachte ich. Wie ein Maschinengewehr. Ich hätte jetzt gerne eine Zigarette gehabt. Dabei bin ich eigentlich Nichtraucher. Doch alle meine Kameraden rauchen. Und das würde irgendwie auch zur Situation passen, dachte ich. Tarapp, tarapp.

Von drinnen drang ausgelassenes Gelächter zu mir. Es hörte sich für mich mehr wie das Brüllen eines Pavians an. Der Offizier hatte Schnaps genehmigt. Nein, er hatte ihn nicht nur genehmigt. Er hatte die Schnapsflaschen mit offenen Armen selbst unter die Leute verteilt. Nach so einem Einsatz bräuchten die Männer das.

Die Tür zum Abteil öffnete sich. Ich erschrak leicht, denn mit einem Mal klang das Gelächter von drinnen wie Schläge in meinem Ohr. *„Na, auch Luft schnappen?"*, meinte Hubert. Was für ein geistreicher Satz. Aber er hielt mir seine Schachtel mit Zigaretten hin. Ich zog mir eine davon heraus und nickte zum Dank leicht. Er hielt mir auch sein Feuerzeug mit offener Flamme hin. Ich schüttelte aber nur leicht den Kopf. Dann drehte ich die Zigarette endlos zwischen Mittelfinger, Zeigefinger und Daumen hin und her. Offenbar wollte er reden, wusste aber nicht wie und wo er beginnen sollte. Also lehnte er sich an das Geländer, starrte mit mir auf die Schienen und rauchte seine Zigarette. *„Wir sollten nicht hier sein",* brach ich schließlich das Schweigen. Er rauchte weiter. Tarapp, tarapp dröhnte es von den Schienen herauf. *„Sind wir aber",* entgegnete er endlich und starrte weiter auf die Gleise. *„Das war ein harter Tag",* redete er weiter. *„Lass einfach zwei, drei Wochen vergehen und wir haben uns alle miteinander wieder etwas beruhigt, oder gefangen oder... ach, ich weiß nicht."* Er zog an seiner Zigarette und sah mich von der Seite her an. Dann fuhr er fort: *„So was kann manchem ganz schön zusetzen." „Ach",* erwiderte ich. Dann sagte ich nichts mehr. Dieses Gefasel von wegen Weichei und so weiter. Damit brauchte er mir nicht zu kommen. Jetzt lächelte er spöttisch. Ich hätte ihm dafür auf der Stelle eine reinhauen können. Und wer weiß, eine weitere Provokation und ich hätte es wirklich getan. Doch Hubert warf seinen Zigarettenstummel über das Geländer, drehte sich um und ging wieder wortlos nach innen.

Ich stand gerne hier draußen alleine. Ich musste nachdenken. Meine Kameraden dagegen wollten sich offenbar nur betäuben. Denken. Denken. Nein, das ging nicht. Ich konnte meine Gedanken nicht in geistige Worte fassen. Nur Bilder, Bilder schwebten vor meinem geistigen Auge. Als ob sich mein Blick auf mich selbst richtete und mich langsam umrundete, wie ich so dastand mit dem Gewehr im Anschlag.

Wieder öffnete sich die Tür zum Abteil. Mein Kamerad Horst kam heraus. Horst war für mich nicht wie die anderen. Man konnte da schon fast von Freundschaft sprechen. Er hatte aus unerfindlichen Gründen Hemd und Unterhemd ausgezogen und stand nur noch mit seiner Uniformhose und den Hosenträgern bekleidet da. *„Hubert hat gemeint, ich soll mal nach dir gucken",* sagte er leise. Und weiter: *„Hat wohl Angst gehabt, du wirfst dich auf die Gleise."* Ich brummte etwas verächtlich. Hubert war einfach ein Idiot. *„Nein",* sagte ich, *„das würde nichts an dem ändern, was heute Vormittag passiert ist".* Horst verschränkte die Finger ineinander. Fast so, dachte ich, als ob er beten wollte. *„So ein Gewissen",* meinte Horst, *„das kann eine kleine Ratte sein. Eine Ratte, die dich immer und immer wieder in die Zehen beißt. Immer dann, wenn du es gerade am wenigsten erwartest".* Ich sah ihn an. Eine Frage brannte mir auf den

Lippen: *„Sag mal? Bist du eigentlich irgendwie... gläubig? Also... glaubst du, dass es einen Gott gibt?"* Er antwortete nicht gleich, sondern dachte etwas nach: *„Gott ist heute Vormittag nicht mit dem Gewehr dort gestanden, wo wir gestanden sind. Es ist vollkommen egal, ob ich an irgendein höheres Wesen glaube oder nicht. Du und ich und die anderen hier im Zug... wir waren heute die Götter, die über Leben und Tod entschieden haben. Und, wenn ich ein Gott bin, dann kann mich keiner irgendwie verurteilen."* *„Und daran glaubst du?"* fragte ich. Er lachte. *„Nein, natürlich ist das ein Riesenblödsinn"*, war die Antwort. *„Aber, geh mal rein und frag, was alle anderen zu dem Thema denken. Da hast du ein paar eiskalte Typen, denen das anscheinend wirklich nichts ausmacht und der Rest verdrängt das. Jeder irgendwie anders. Du kannst saufen, du kannst meditieren, in die Kirche gehen oder ins Bordell. Du kannst auch gleich ins Kloster eintreten oder du kannst noch mehr Leute erschießen. Das ist alles egal. Eins darfst du jedenfalls nicht machen. Grübel nicht rum. Das macht dich kaputt."* Ich nickte. Horst klopfte mir auf die Schulter. Dann ging er wieder rein.

Ich konnte Horst gut leiden. Seine Worte waren aber nichts anderes gewesen als eine lauwarme Soße, die zu allem irgendwie passte. Immerhin hatte er mich aus meinem Gedankenstrudel herausgerissen – wenn auch nur für kurz. Vielleicht sollte ich mich ja von mir selbst distanzieren. Mich betrachten wie einer, der seinen Körper verlassen hat und jetzt als Geist über demselben schwebt und herunterschaut auf sich selbst. Von so etwas wird ja immer wieder berichtet. Von innen kam zwischen dem Stimmenwirrwarr ein Schrei. Es hörte sich fast an wie ein Schluchzen, dachte ich. Egal.

Ein weiterer Kamerad kam zu mir heraus. Es war ein Mann namens Friedrich. Noch ein Idiot, dachte ich bei mir. Friedrich stellte sich breitbeinig neben mich und begann Kniebeugen zu machen. Nach fünf Stück davon schaute er mich an, verschränkte die Finger und ließ sie kräftig knacksen. Dann grinste er mich dämlich an. Das Grinsen war so breit, dass man hätte meinen können, Friedrich hätte in der Lotterie gewonnen. *„Wirst du deiner Frau davon erzählen?"*, fragte ich. Sein Lächeln verschwand schlagartig. *„Bist du bescheuert?"*, fuhr er mich an. *„Das ist nichts, was man zuhause erzählt. Das ist etwas, was uns"*, er zeigte dabei abwechselnd auf mich und auf sich selbst, *„uns als Kameraden verbindet. Und wir waren alle dabei. Ohne Ausnahme."* *„Sie haben uns vorher nicht gesagt, wohin sie uns mit dem Zug bringen wollten und was wir dort machen sollten"*, erwiderte ich. Ich erinnerte mich. Antreten hatte es geheißen. Mit geladenem Gewehr über der Schulter. Von einer schweren, aber notwendigen Aufgabe hatte der fremde Offizier gesprochen. *„Du hättest ja nicht mitmachen müssen"*, warf mir Friedrich jetzt entgegen. Ja, nein, ja. Es war alles so schnell gegangen. Tatsächlich hatte der Offizier alle vor die Wahl gestellt. Die Aufgabe sei notwendig. Trotzdem werde niemand hierzu gezwungen. Wer diesen Dienst am Vaterland nicht mit seinem Gewissen vereinbaren könne, der solle vortreten. Niemand dürfe ihm hierfür etwas vorwerfen und er müsse auch keine Konsequenzen fürchten. Niemand trat vor, jeder lugte mit seinen Augen nur nach links und rechts zu seinen Kameraden. Und dann war diese Zwischenpause auch schon wieder vorüber.

Friedrich fing wieder mit seinen Kniebeugen an.

Ich schrie ihn an: *„Ihr, ihr habt mich zu einem Mörder gemacht!"* Erst war sein Blick erstaunt. Dann kniff er die Augen zusammen, hob seinen Finger und erwiderte dann langsam, wobei er jedes Wort einzeln betonte: *„Du... hast... dich... freiwillig... gemeldet!"* Ich wendete meinen Blick ab und sah wieder auf die verschwindende Landschaft hinter dem Zug. Die Tür wurde aufgeschlagen und Horst kam mit glasigen Augen heraus. *„Na"*, brüllte er, *„Alles OK mit euch, Kameraden?"* *„Von wegen"*, meinte Friedrich. *„Unser junger Freund hier will sich separieren. Will nicht dazugehören. Und hat Schuldgefühle."* Das Wort spuckte er fast aus. Ich war peinlich berührt. Warum musste er das sagen. Doch Horst bekam davon nicht viel mit. Er hielt sich mit einer Hand an der Haltestange fest, beugte sich in Richtung Gleise und kotzte hinter den Zug. Als er den Kopf wieder hob, schüttelte er sich kurz und nahm einen kräftigen Schluck aus der Schnapsflasche, die er in der anderen Hand hielt. Dann lachte er wie irre. Wohl eine ganze Minute lang. Richtig wie ein Verrückter, dachte ich. Und tatsächlich: Das Lachen hörte abrupt auf, wich einem zornverzerrten Gesicht und Horst schleuderte die halbleere Flasche auf die Bahnschwellen. Als ich dachte, das sei es gewesen, stieß er seine Stirn immer und immer wieder gegen die Wand neben der Abteiltür und gab dabei einen langen Klagelaut von sich. Friedrich hielt ihn schließlich fest und rief im Befehlston: *„Schluss jetzt!"* Tatsächlich hörte Horst auf. An seiner Stirn quoll Blut aus einer Platzwunde. Friedrich nahm ihn bei den Schultern und bugsierte ihn ins Wagoninnere. Als ich mitkommen wollte, stieß mich Friedrich mit einer Hand grob zurück.

So blieb ich also weiterhin draußen stehen.

Die Landschaft zog vorbei - grau und tot. Heute Vormittag hatte noch die Sonne geschienen. Von den Feldern hatten uns die Bauern zugewinkt. Jetzt war keine Menschenseele zu sehen. Der Himmel war grau, die Gegend war grau. Wie ein Totenschleier, dachte ich bei mir. Ein seltsamer Gedanke. Hatte ich diese Formulierung irgendwo gelesen? Und auch das Tarapp Tarapp des Zuges schien gedämpft zu mir zu kommen. Wie durch ein Kissen. So stand ich da und rollte immer noch die Zigarette zwischen meinen Fingern hin und her. Bin ich ein schlechter Mensch? Sind meine Kameraden schlechte Menschen? Bin ich ein... Monster? Horst hatte mir letztes Jahr das Leben gerettet. Dabei wäre er selbst fast umgekommen. Kann so jemand schlecht sein... durch eine einzige schlechte Tat? So müssen diverse Stunden hier hinten auf dem Zug vergangen sein. Ich ging nicht rein und es kam auch keiner mehr heraus. Ganz still war es drinnen geworden.

Schließlich ging die Tür doch wieder auf und Horst kam heraus. Offenbar komplett ausgenüchtert. Er hatte sich jetzt immerhin ein Hemd umgeworfen.

Als er so neben mir stand, fragte ich ihn einfach: *„Sag Horst, bist du ein schlechter Mensch? Bin ich ein schlechter Mensch?"* Er schüttelte den Kopf. *„Das ist die falsche Frage"*, sagte er in die Stille hinter den Zug hinein. *„Die richtige Frage ist: Waren wir feige. Du und ich. Und die Antwort darauf kennst du."*

„Heulsuse!", tönte es hinter mir. Friedrich der Idiot hatte in diesem Moment die Abteiltür geöffnet. Jetzt hau ich ihm eine rein, wenn er noch was sagt, dachte ich bei mir. Doch Friedrich grinste nur dämlich, streckte seine Zunge heraus und

verschwand wieder im Zuginneren. Dabei hätte ich schwören können, dass seine Zunge schwarz wie Kohle war. Wie verbrannt, dachte ich. Tarapp, tarapp.

Horst redete weiter: *„Was du einmal in deinem Leben getan hast... das bleibt für immer stehen. Du kannst das nicht irgendwie löschen, tilgen oder kleiner machen. Schuld ist Schuld. Egal ob du das bereust oder nicht."*

Die Gedanken flogen in meinem Kopf durcheinander und irgendwie erinnerte ich mich an ein Bild, das ich einmal als Kind in einer katholischen Kirche gesehen hatte. Da gab es als Belohnung für bestimmte Gebete, die man vor dem Heiligenbild aussprach, einen „Zeitablass" im Fegefeuer von ein paar tausend Jahren. Widerwillig musste ich über diese fast kindlichen Vorstellungen lächeln.

Horst und ich schwiegen. Hinter uns zogen die Gleise dahin und es machte immer noch leise tarapp, tarapp. Nach einer Weile fing er an mit dem Kopf zu schütteln. Nur unmerklich, langsam und in Gedanken. Ich drehte mich fragend nach ihm um.

„Es spielt eh alles keine Rolle mehr", meinte er. *„Es ist egal. Es ändert nichts mehr an unserer Fahrt".* Ich sah ihn weiterhin fragend an. Was meinte er? Er stierte geradeaus zu den Schienen, die hinter dem Zug auftauchten und wieder in der Ferne

verschwanden. Drinnen in den Abteilen war es jetzt ganz still geworden. *„Du hast es noch nicht verstanden, oder?"*, sagte er zu mir. Ich schüttelte mit dem Kopf. *„Die Explosion? Die Partisanen?"*, fuhr er fort. Mein Gesichtsausdruck verriet ihm, dass ich nicht im Geringsten wusste oder wissen wollte, was er meinte. *„Pass auf"*, seufzte er. *„Du bist der letzte hier im Zug, der nicht verstanden hat, wohin die Fahrt führt. Hast du... schon einen Schaffner gesehen? Hast du schon... Leute auf den Feldern oder Bahnsteigen gesehen? Oder hat der Zug schon irgendeinen Halt gemacht?"* Ich wollte das nicht hören. *„Mein Junge"*, sagte Horst, *„Vor ein paar Stunden haben irgendwelche Partisanen diesen Zug in die Luft gejagt. Sie haben soviel Dynamit unter das Bahngleis gesteckt, dass die Lok und alle Waggons wohl hundert Meter weit durch die Luft geflogen sind. Da bleibt nichts übrig... da überlebt keiner. Und jetzt... jetzt sitzen wir hier. Alle zusammen in diesem verdammten Zug."* Er fasste mich an den Schultern und die Tränen quollen mir aus den Augen. Er beugte sich ganz nah zu meinem Ohr und flüsterte: *„Wir sind alle verdammt. Und dieser Zug... wird an keinem Bahnhof mehr halten"*.

Die Geschichte „Schatten zwischen den Gleisen"
war in stark veränderter und gekürzter Form mein
Beitrag zum Kurzgeschichtenwettbewerb Antho?-
Logisch! 2019. Die Geschichte wurde 2020 in der
Anthologie „Helden" abgedruckt. Dies hier ist die
ursprüngliche Fassung.

Blumen des Grauens

Kennen Sie das Gefühl, Sie wären ein Außerirdischer? Also, so als ob man Sie hier mit dem UFO abgesetzt und dann einfach vergessen hätte? Heute hatte ich an der Kasse „meines" Supermarkts wieder ein solches Erlebnis. Ich sage mein Supermarkt, weil ich dort einfach gerne einkaufe – so wegen der besseren Auswahl und so. Meine Frau sagt schon seit Jahren, das andere Einkaufscenter wäre doch näher und hätte genau das Gleiche. Nein, ich muss halt einfach dort einkaufen. Egal, es geht hier eigentlich nicht um den Supermarkt. Ich stand vielmehr mit meinen Einkäufen an der Kasse und hatte alles schön brav auf das Laufband gelegt. Tatsächlich hatte sich von der Plastikverpackung meines Salats wohl das Preisschild gelöst. Die junge Verkäuferin, eine hübsche, leicht asiatisch aussehende Dame, bat also um Verständnis. Sie müsste nur mal schnell nach dem Preis schauen. Kein Problem. Es war zum Glück nicht sehr viel los und ich hatte Gelegenheit, das Paar hinter mir und das andere an der Nachbarkasse zu betrachten. Es war Sommer und draußen hatte es gerade 27 Grad. Dementsprechend waren die Leute also auch recht leicht gekleidet und man hatte das zweifelhafte Vergnügen, einiges an blanker Haut zu betrachten. Aha, dachte ich mir, man war tätowiert. Ich blickte mich möglichst unauffällig von links nach rechts um. Alle! Ausnahmslos alle um mich herum waren mit sogenannten Tattoos versehen.

Verstehen Sie mich jetzt bitte nicht falsch. Jeder darf auf seiner Haut tragen, was er oder sie will. Und ich fürchte, auch viele der Leser hier sind vielleicht Tattooträger. Deshalb werde ich mich extravorsichtig ausdrücken. Die Dame hinter mir hatte auf ihren etwas schwabbeligen Armen eine halbe Blumenwiese. Das hätte schön sein können. Nur bin ich in einem Alter, da hatten wir in der Kindheit noch überall die sogenannten Pril-Blumen kleben. Auf jeder Flasche des Pril-Spülmittels waren diese Scheiß-Blüten drauf. Und selbstverständlich pappten die dann überall an den Fliesen. Meistens in der Küche, aber auch im Bad oder auf dem Klo. Und, ja, Sie ahnen es richtig: Die Blümchen auf den Oberarmen hinter mir sahen aus wie diese Pril-Blumen.

Der Begleiter dieser Dame hatte neben irgendwelchen undefinierbaren Mustern diverse Schriftbänder auf seinem rechten Arm. Um das lesen zu können, hätte ich meine Nase direkt vor ihn halten müssen. Das wollte ich aus hoffentlich verständlichen Gründen dann doch nicht. Als mein Blick zur Kassiererin ging, sah ich unter ihrem halblangen Ärmel auf dem rechten Arm ebenfalls ein Schriftband auf der Haut. „Ein Roman", dachte ich mir. Ich bin hier in irgendeine Verschwörung gelangt und die Leute um mich herum bilden einen Roman auf ihrer Haut ab. Und natürlich war es wie erwartet: auch das Paar an der Nebenkasse war komplett tätowiert. Die kurzen Hosen und die ärmellosen T-Shirts legten alles offen. Ich glaube, in meiner Kindheit, da waren Tätowierungen noch ein Hauptmerkmal von Seeleuten oder von besonders verruchten Banditen. Ein Anker dort, eine Meerjungfrau da und so weiter. Gut, ich will mich in Zukunft bemühen, kein Kleingeist zu sein. Und doch kann ich dieses Grundbedürfnis nach Ästhetik tief in mir drin einfach nicht wegsperren. Vom weiblichen Oberarm an der Nachbarkasse, der übrigens ebenfalls nicht besonders grazil war, da blickte mich ein Tintenfisch an. Das war kein kleines Tintenfischlein. Nein, das war ein Viech, das den kompletten Oberarm einnahm. Dazu hatte das liebe Tierchen Reißzähne wie ein Wolf. Dieses Meeresgetier bannte meine ganze Aufmerksamkeit. Ich nahm zwar noch wahr, dass der männliche Begleiter dieser Dame ebenfalls verziert war, an Details kann ich mich aber nicht mehr erinnern. Es gibt Bilder von Japanern mit kunstvollen Tätowierungen. Oft sind das Leute aus der Yakuza-Szene. Und obwohl mich da manches von der Größe her erschreckt, so muss man doch den Kunstwert hier anerkennen. Verschlungene japanische Drachen und anderes Getier und Zeichen werden hier in wilden Verrenkungen dargestellt. Der Tintenfisch mit seinen Fangzähnen jedoch sah aus, als hätte mein sechsjähriger Sohn ihn in einem Zornanfall mit Edding an die Tür gemalt. Und da war dann eben wieder dieses Gefühl bei mir: Mein UFO hat mich vergessen, ich bin ein Fremder in dieser Welt und der tiefere Schlüssel zur „Kultur" dieses Planeten wird mir auf immer verschlossen bleiben. Bestimmt bildete all das um mich herum eine kryptische Botschaft an mich. Die Pril-Blumen, die Schriftbänder, der grausam aussehende Oktopus. Wobei ich bezweifle, dass die Trägerin des selbigen mit dem Wort Oktopus etwas anfangen hätte können. Verzeihen Sie, ich will nicht hochnäsig erscheinen. Auch ich kann eben nicht aus meiner Haut heraus. Was für ein Wortspiel, und da war er schon. Der Salat. Ein Pieps im Scanner und das Grünzeug wanderte mittels Fließband und einer Handbewegung in meinen Einkaufswagen. Ich zahlte und verließ den Ort. Und auch, wenn meine Frau sagt, ich solle doch endlich in den näherliegenden Supermarkt gehen: Nein, ich muss hier einkaufen. Der Oktopus und die Pril-Blumen die waren das eindeutige Zeichen für mich.

Ein Zimmer in Homs

„Hallo, ich bin ein Gutmensch". Schmerzlich verziehe ich meine Lippen bei dem Gedanken, dass so meine eigene Vorstellung beginnen könnte. Ja, ich bin wirklich das, was manche vielleicht gemeinhin als Gutmenschen verspotten. Dabei stand ich niemals klatschend am Bahnhof, wenn Flüchtlinge ankamen. Vielmehr half ich bei der Unterbringung, kümmerte mich um Behördengänge und so weiter. Im Haus meiner verstorbenen Mutter habe ich zwei Wohnungen an syrische Flüchtlinge zu einem günstigen Preis vermietet. In der großen wohnt eine Familie mit vier Kindern. Wirklich nette Leute. Und in der anderen, kleineren Wohnung, da wohnte Naser. Mit ihm verbindet mich eine echte tiefe Freundschaft. Zumindest... war das bis vor kurzem so. Ich kann nicht an Naser denken, ohne von einem Strudel aus Wut und Trauer, Enttäuschung und Verwirrung aufgesogen zu werden.

Naser ist anders als viele andere. Er ist hochgebildet und spricht neben einem hervorragenden Englisch auch sehr gut deutsch. Er interessiert sich für alte europäische Musik und Kultur und man kann mit ihm über praktisch jedes Thema ausschweifend diskutieren. Und so dauerte es nicht lange, bis wir uns wirklich gut anfreundeten. Verstehen Sie mich jetzt bitte nicht falsch. Ich stehe nicht auf Männer, falls Sie das meinen. Naser wurde mir wirklich zu einem Freund. Es gibt da dieses kitschige Wort von der Seelenverwandtschaft. Irgendwie trifft es das einfach.

Ich schleppte ihn in diverse Konzerte und Opern. Bei Mozarts Zauberflöte sah ich sogar Tränen in seinen Augen. *„Weißt du"*, sagte er, *„ich muss da an Homs denken."* Homs war seine Heimatstadt gewesen. Er hatte da einen Onkel und bei diesem wohnte er zur Untermiete in einem Zimmer. Eines Tages sei Geheimpolizei gekommen oder sonst wer und die hätten den Mann einfach mitgenommen. Die Nachbarn hätten das erzählt. Naser war zu diesem Zeitpunkt nicht in der Wohnung. Der Onkel tauchte nie wieder auf und für Naser wurde es Zeit zu flüchten. Als Student hätte er sich inzwischen auch verdächtig gemacht... irgendwie.

Ich fragte nicht weiter nach. Ich hatte im Fernsehen die Bilder des zerstörten Homs gesehen.

Von besonderer Religiosität konnte man bei Naser übrigens nicht sprechen. Bei unseren Biergartenbesuchen schmeckte ihm durchaus das bayerische Bier. Nur bei den Schweinshaxn hielt er sich zurück. Das lag aber, glaube ich, nicht an der Religion, sondern mehr daran, dass ihn davor etwas ekelte. Vielleicht entwickelte sich unsere Freundschaft ja auch so überaus schnell, weil Naser im Gegensatz zu anderen Flüchtlingen nicht die

Nähe seiner Landsleute in Deutschland suchte. Ich machte nie die Beobachtung, dass er hier irgendwie Anschluss hatte oder sich jemals darum bemüht hätte.

Stattdessen musste ich ihn in die öffentliche Bibliothek einführen und ihm dort die Benutzungsmöglichkeiten zeigen. *„Goethe",* sagte er, *„Goethe muss man gelesen haben, wenn man Deutschland verstehen will. Und natürlich auch den Zauberberg von Mann."* Ich weiß nicht, wann ich zum letzten Mal selbst etwas von Goethe oder Thomas Mann gelesen hatte. Und ob einem diese helfen konnten, das aktuelle Deutschland zu verstehen. Also las auch ich wieder. Zusammen mit Naser. Wir setzten uns in meine kleine Küche und lasen miteinander den Zauberberg. Den kompletten dicken Wälzer bei Kerzenlicht und Rotwein. Wenn wir vorher noch keine Freunde gewesen waren, dann spätestens jetzt. Und zwischendrin erzählte mir Naser immer wieder von Homs. Von der prächtigen Chalid-Ibn-al-Walid-Moschee, von den historischen Stadttoren und von der Burg Krak des Chevaliers, die einst von den christlichen Kreuzrittern erbaut worden war. Sobald ich aber versuchte, das Gespräch auf die aktuelle Situation in Syrien zu lenken, blockte Naser ab. Ich verstand das. Zu schmerzvoll musste die Erinnerung sein.

„*Glaub mir. Die beobachten mich*", meinte Naser. Damit verdächtigte er seine syrischen Nachbarn in der Wohnung über ihm. Ich konnte mir das beim besten Willen nicht vorstellen. Abdul und Fatima waren ruhige und angenehme Leute und hatten genug mit sich und ihren vier Kindern zu tun. Doch versuchte ich Abdul einmal im Treppenhaus vorsichtig auf sein Verhältnis zu Naser anzusprechen. Abdul verzog das Gesicht. Leider sprach er nur bruchstückweise deutsch. Doch ich verstand sehr deutlich, dass er und Fatima mit Naser lieber nichts zu schaffen haben wollten. Das Verhalten der beiden gab mir Rätsel auf.

„*Die stecken alle unter einer Decke*", sagte Naser recht plötzlich und mitten unter einem Satz bei unserer gemeinsamen Lesung von Schillers Räubern. „*Was? Wer?*", antwortete ich verblüfft. Doch Naser antwortete nicht auf meine Nachfrage. Ich sah aber die Angst in seinen Augen. Irgendetwas stimmte nicht mit ihm. Nach einiger Zeit las er mir den nächsten Satz von Franz Moor vor: „*Bin ich doch ohnehin schon bis an die Ohren in Todsünden gewatet, dass es Unsinn wäre zurückzuschwimmen, wenn das Ufer schon so weit hinten liegt – ans Umkehren ist doch nicht mehr zu gedenken.*" Naser las das ganz langsam und betonte dabei jedes Wort. Das war an sich nicht ungewöhnlich. Er beherrschte die deutsche Sprache zwar hervorragend, doch waren solche altertümlichen Formulierungen manchmal für ihn verwirrend. Mit einem Mal war die Düsternis wieder weggeblasen. Naser nippte von seinem Rotwein, lachte ausgelassen und las schließlich weiter. In mir blieb jedoch mehr als eine Frage offen.

„Was heißt das? Todsünde?" fragte er mich zwei Tage später. Wir waren gerade mitten in einem dieser Billig-Supermärkte und seine Frage traf mich, gelinde gesagt, etwas überraschend. *„Öhm"*, ich überlegte. Ich bin nicht gerade das was man einen gottesgläubigen Menschen nennt. Ich holte erst einmal tief Luft, bevor ich loslegte: *„Das heißt, man hat etwas angestellt. Etwas so Übles, dass Gott einen in die Hölle wirft. Also ohne Aussicht auf irgendeine... Begnadigung."* Begnadigung war wahrscheinlich das unpassendste aller Wörter. Mir fiel in dem Moment aber irgendwie nichts anderes ein.
Naser jedoch nickte, grinste und schien zufrieden mit der Erklärung.

Ich sah ihn natürlich nicht jeden Tag. Das Haus meiner verstorbenen Mutter, in dem er wohnte, war zwar nicht weit entfernt, aber ich musste ja schließlich auch arbeiten.

„Wie siehts aus, Naser?", fragte ich ein paar Tage später am Telefon, *„wollen wir uns in der Innenstadt treffen?"*

Wir gingen heute einmal nicht in die Bücherei. Schließlich waren wir mit den „Räubern" noch lange nicht fertig. Stattdessen saßen wir draußen vor einem gemütlichen Café. Ich hatte einen Cappuccino bestellt und er einen doppelten Espresso. *„Fast wie in Homs"*, meinte Naser und blinzelte in die Sonne. Was wohl ein kleiner Scherz sein sollte, verblasste irgendwie durch Nasers Verhalten. Er redete heute nicht viel. Nur etwas vom Amt, auf dem er war. Mit einem Mal schlug die Stimmung ganz um. Naser lief der Angstschweiß von der Stirn und er stierte auf irgendeinen Punkt hinter mir. *„Lass uns schnell gehen"*, stammelte er. Ich verstand gar nichts. Was oder wen hatte er gesehen? Ich konnte nichts Verdächtiges ausmachen. Als ich Naser nach unserem fast fluchtartigen Verlassen des Cafés – ich konnte gerade noch bei der Bedienung zahlen – auf das Geschehnis ansprach, da antwortete er mir wieder nicht.

Ich bin nicht blöd, ich bin auch nicht all zu naiv. Ich bin... beunruhigt.

Meine Mutter erzählte mir immer wieder einmal die Geschichte, woher angeblich die dunklen braunen Augen in unserer Familie stammten. Sie selbst kam aus dem tiefsten Niederbayern. Und dort, sagte sie, seien vor fast zweitausend Jahren römische Truppen stationiert gewesen, die eigentlich aus Syrien waren. Daher käme es, dass tatsächlich viele Niederbayern braune Augen hätten. Ich habe keine Ahnung, ob die Geschichte stimmt oder ob tatsächlich so viele Niederbayern eine braune Augenfarbe haben. Ich habe das aber Naser erzählt und er musste herzlich darüber lachen. Er nahm sein Rotweinglas und stieß mit mir an. *„Zum Wohle, Brüderchen"*, sagte er. Das war aber schon viele Wochen, bevor das seltsame Verhalten begann. Inzwischen lag bei unseren Treffen eine gewisse Spannung in der Luft. Naser wurde immer verschlossener. Und wenn er redete, dann machte er düstere Andeutungen davon, dass er verfolgt würde. Ein gemeinsames Lesen war nicht mehr möglich. Und das fehlte mir ehrlich gesagt sehr. Ich wollte Naser helfen, doch der wehrte nur ab und schüttelte den Kopf. Beim Arzt sei er gewesen, und da war auch ein anderer Mann im Warteraum. Er sei sich sicher, dass dieser vom syrischen Geheimdienst sei. Er habe dann auch gemeinsam mit dem Arzt über ihn getuschelt. Naser meinte, er habe genau gehört, wie sie auch über seinen Onkel in Homs gesprochen hätten. Sie hätten ihn in der Gewalt und könnten alles mit ihm machen, wenn sich Naser... ja, wenn. Das sprach er nicht mehr aus. Ich war jetzt nicht nur beunruhigt, ich war restlos verwirrt. Naser saß auf seiner Couch und hatte die Beine ängstlich angezogen. Seine Geschichte war absolut unglaubwürdig und doch hatte er sie mit größter Überzeugung vorgetragen. Als ich ihn darauf ansprach, ob das wirklich so gewesen sei, wurde er so zornig, wie ich ihn noch nie erlebt hatte.

War Naser ein Terrorist? Am Ende ein sogenannter Schläfer? Einer, der erpresst wurde? Ich malte mir alles Mögliche aus. Vielleicht würde man ja seinen Onkel in Homs foltern, wenn Naser nicht mit einem Sprengstoffgürtel loslaufen würde?

Alles Quatsch. Bei meinem Besuch am nächsten Tag fand ich Naser am Boden seiner Küche sitzend. In einer Ecke saß er zusammengekauert und total verängstigt und verwirrt. Er war krank. Wie krank, erfuhr ich erst, als ihn der Notarzt in eine Klinik einwies. *„Ein ganz klarer Fall einer Psychose"*, hieß es. Verfolgungswahn, Angstzustände, das wären alles typische Krankheitssymptome.

Auch mich befragte der Arzt: ob ich von traumatischen Erlebnissen Nasers wüsste, die diese Psychose ausgelöst haben könnten? Ich erzählte von Homs und der Arzt nickte. Auch er hatte im Fernsehen die Bilder der zerstörten Stadt gesehen.

Es dauerte etwas, bis ich Naser in der Klinik besuchen konnte. Schließlich war ich kein Verwandter oder so was. Ich war erstaunt, denn er wirkte fast wie immer. Zwar etwas niedergeschlagen, aber ansonsten geistig normal. *„Sie geben mir Tabletten hier"*, erklärte er. Damit sei die Psychose ganz gut zu bekämpfen. Der Arzt hatte etwas von Botenstoffen im Gehirn erzählt und so weiter.

Naser blickte zur Decke. *„Es tut mir leid"*, meinte er. Ich wiegelte ab. Doch er sagte nichts. Es war, als ob er etwas ganz mitteilen wollte. Er schüttelte ganz langsam seinen Kopf, sagte aber nichts mehr.

Als ich Naser zwei Tage später wieder besuchen wollte, war er weg. Der Arzt erklärte mir, dass man ihn mit Polizei in eine andere Klinik verlegt hätte. Am selben Nachmittag bekam ich Besuch von zwei freundlichen Beamten in Zivil. Die Polizisten erklärten mir, dass Naser gar nicht Naser heiße und dass er schon seit einiger Zeit in Verdacht stehe. Andere Syrer hätten ihn angeblich erkannt. Ich dachte kurz an Abdul und Fatimah, verwarf den Gedanken aber wieder. Naser... oder eben nicht Naser hätte sich in Syrien angeblich als Folterknecht betätigt und es sei ziemlich wahrscheinlich, dass er sich schlimmer Verbrechen an seinen Landsleuten schuldig gemacht habe.

Ich vergaß die Beamten sogar zu fragen, für wen er denn gearbeitet hätte. Für die Regierung? Für irgendeine Rebellengruppe?

Nein, ich vergaß es nicht. Mir war es schlichtweg egal.

Ich weiß nicht, was Naser – ja ich nenne ihn immer noch so – in Syrien getrieben hat. Das mögen schlimme Dinge gewesen sein. In mir hat er jedenfalls auch etwas zerbrochen. Soweit hat er seine Arbeit als Folterknecht gut gemacht, dachte ich mir.

Wer bist du, Naser? War alles nur gespielt? Die Freundschaft? Wie kann ich je wieder Vertrauen haben... Besuche ich ihn? Ist das überhaupt möglich? Hat mich Naser nur von vorn bis hinten belogen?
Ja, sollen alle diejenigen lachen, die mich schon immer als Gutmensch verspottet haben. Ich bin durch Naser aber weder zum Ausländerhasser, noch zum Rassisten geworden. Ich bin immer noch der Meinung, dass man Menschen, die Hilfe brauchen, auch helfen muss. Nur... ich... ich persönlich... ich kann das nicht mehr. Naser hat in mir etwas zerbrochen. Ich kann niemandem mehr begegnen, ohne Misstrauen in mir zu haben. Dafür... dafür sollte ich Naser... vielleicht hassen? Doch ich weiß nicht mehr, wer Opfer und wer Täter ist. Der Arzt hatte gemeint, dass die Psychose bei Naser vielleicht durch die eigenen Schuldgefühle ausgelöst worden sei. Wahrscheinlich hatte er alles, was er erzählte, selbst geglaubt. Praktisch als Schutzmechanismus.

Vor mir auf dem Küchentisch liegt aufgeschlagen Schillers Werk „Die Räuber". Ich setze mich, entkorke die Flasche Rotwein und beginne zu lesen. Es fällt mir schwer es zuzugeben: trotz aller enttäuschten Gefühle hat Naser mein Leben doch eine Zeit lang reicher und schöner gemacht. Und vielleicht... vielleicht bleibt ein kleiner Hauch davon für immer erhalten.

Die Geschichte „Ein Zimmer in Homs" war mein Beitrag zum Kurzgeschichtenwettbewerb der Gruppe 48 im Jahr 2019. Er wurde in die Anthologie „Wunderwerk" aufgenommen.

Namenlos

Es ist schon lange her, da hat mir ein älterer Bekannter die Geschichte vom „Obstjuden" erzählt. Diese muss sich so um 1920 herum zugetragen haben. Jedenfalls war damals ein jüdischer Händler mit seinem Handkarren in der Gegend unterwegs. Darauf hatte er meist Äpfel und Birnen aufgeladen, die er in den Dörfern anbot. Tatsächlich gab es in der Nähe einen Ort, wo einige jüdische Familien lebten. Meistens in recht ärmlichen Verhältnissen. Und man kann sich zusammenreimen, dass auch ein jüdischer Obsthändler nicht gerade vom Reichtum gesegnet war. Das war eben der „Obstjud". Verstehen Sie, da hat sich keiner etwas dabei gedacht. Der Schmied mit dem Buckel, das war „der bucklige Schmied", das Kind mit dem Downsyndrom, das immer in seiner Dreckpfütze spielte, war der „lustige Dorfdepp", ein Schwarzer war ein „Neger" und ein Jude, der mit Äpfeln handelte, war einfach der „Obstjud". Hätte man die Leute darauf angesprochen, was sie sich bei diesen Bezeichnungen gedacht hatten, dann hätte man wohl nur verständnislose Blicke geerntet.

Meine Großeltern waren in den 1920er und 1930er-Jahren mit einer jüdischen Familie in der Nachbarstadt befreundet gewesen. Sie luden die guten, etwas vornehmeren Leute zu sich zum Kirchweihessen ein. Eine Einladung zum

Kirchweihessen in das Haus einer Familie war eine große Ehre und bedeutete schon etwas auf dem Land. Trotzdem nutzte auch meine Großmutter das gebräuchliche Vokabular der damaligen Zeit und ging, wie sie sagte, eben zum „Kleiderjuden" zum Einkaufen. Dort kaufte sie übrigens auch noch ein, als die Nazibrut schon an der Macht war. Zusammen mit ihrer ältesten Tochter ging sie weiterhin zu „ihrem Kleiderjuden". Der Schwiegersohn durfte davon allerdings nichts erfahren, der war inzwischen Sturmbannführer bei der SA. Irgendwann kam die sogenannte Ortsbäuerin bei meiner Großmutter vorbei und drohte. Ja, meine Oma sei dabei beobachtet worden, wie sie beim Juden immer wieder einkaufen war und wenn sie das nicht abstelle, dann käme sie früher oder später ins Konzentrationslager nach Flossenbürg. Da wäre sie wohl zwar nicht hingekommen, aber das Lager war in der Nähe, man wusste, dass dort schlimme Dinge geschahen und der Name alleine reichte schon aus, um Angst und Schrecken zu verbreiten. Sie ging dann wohl nicht mehr hin zu „ihrem Kleiderjuden".

1938 hatte man in der Reichskristallnacht den Mann des befreundeten jüdischen Paares verhaftet. In Dachau hat ihn ein sadistischer SS-Mann erschossen, weil er als letzter aus der Dusche gekommen war. Ob meine Großeltern damals noch mit der Familie in Kontakt standen, weiß ich nicht.

Wahrscheinlich hatten sie aber dafür zu viel Angst. Meine Großeltern waren keine Helden. Sie waren ganz normale Leute. Die hatten sieben Kinder und gingen zum Einkaufen zum „Kleiderjuden". Einfach, weil er der billigste war und die beste Qualität hatte. Und vielleicht auch, weil er nett war und meine Oma immer höflich begrüßte. Und meinen Großeltern war es vollkommen egal, ob dieses Paar, das sie da zur Kirchweih zum Essen einluden, Juden waren. Es waren einfach die netten Leute aus der Nachbarstadt. Der Schwiegersohn, der bei der SA Sturmbannführer war, der bekam übrigens bei meiner Großmutter Hausverbot. Nicht wegen der Geschichte mit den Juden. Nein. Für seine SA-Sache, da musste er auch Ahnenforschung betreiben. Das machte er wohl mit Leidenschaft. Als er herausgefunden hatte, dass die Mutter meiner Großmutter als uneheliches Kind geboren worden war und er das irgendwann erwähnte, da warf sie ihn raus und erteilte ihm, zumindest für eine kurze Zeit, Hausverbot.

Meine Großeltern sind schon lange vor meiner Geburt verstorben und die erzählte Geschichte ist nur bruchstückhaft überliefert. Über so etwas sprach man eben nicht. Auch später nicht. Oder zumindest fast nicht.

So kommt es, dass sich in meinem Kopf diese verschiedenen Geschichtsbrocken immer etwas mischen. Die vom „Kleiderjuden", die vom „Obstjud" und so weiter. Ja, der „Obstjud". Mit dem hatte ich ja begonnen. Jedenfalls, das muss so in den 1920er-Jahren gewesen sein. Der ältere Bruder meines Bekannten lief mit seinen Freunden im Wald herum. Da sahen sie mitten auf einem Waldweg den einsamen Karren des jüdischen Händlers stehen. Natürlich bedienten sie sich gleich fleißig an den Äpfeln. Die Bissen spuckten sie aber wieder sehr schnell aus, als sie über sich in den Bäumen den erhängten Eigentümer des Karrens sahen. Ich nehme einmal an, der Mann hatte sich, aus welchen Gründen auch immer, selbst hier im Wald stranguliert. Zumindest ist mir aus der Erzählung nichts von einem Verbrechen bekannt. Das war´s. Das war alles, was ich über diesen Mann weiß. Die Geschichte ist jetzt so lange her und das einzige, was es erzählerisch bis in die heutige Zeit geschafft hat, ist die Bezeichnung „Obstjud". Kein Name, nichts sonst. Wissen Sie was ich meine? Was ich damit sagen will? Der Name, die Geschichte überliefert fast gar nichts über diesen Menschen. Er sagt aber etwas über die damalige Mentalität aus. Eine Zeit, in der man jemanden halt einfach den „Obstjud" oder den „Neger" nannte. Und keiner war Rassist, und keiner hat es böse gemeint. Man hatte sich halt einfach dabei nichts weiter gedacht.

Der Glanz des Wassertropfens auf einem frischen Lindenblatt

Das Leben besteht aus Bildern. Aus Bildern und Emotionen. Denken Sie an eine bestimmte Situation in Ihrem Leben zurück. Sie werden immer Bilder sehen und diese mit irgendwelchen Emotionen verbinden. Wut, Scham, Trauer, Freude, Liebe. Und dann sind da natürlich noch die Worte. Worte sind weder Fisch noch Fleisch. Worte sind nichts Eigenständiges. Sie sind ein Mischwesen aus Bildern und Gefühlen. Eine Verbindung dazwischen und irgendwie bestehen sie aus beidem. Sie leben und atmen selbständig und sind doch nichts ohne Bilder und Gefühle. Lesen Sie einen Roman und Sie werden Bilder sehen, die mit Gefühlen einhergehen. *„Haben Sie alles verstanden, was ich gesagt habe?",* fragte mich der Mann auf der anderen Seite des Schreibtisches. Für einen Moment fühlte ich mich in meiner Abwesenheit ertappt. Die Bilder in meinem Kopf verblassten und ich war wieder in der Wirklichkeit angekommen. Ich nickte. Ja, ich hatte verstanden. Mein Gegenüber versuchte ein verständnisvolles Gesicht zu machen. Wenn ich noch irgendwie Hilfe bräuchte und so. Also psychologischen Beistand. Ich schüttelte den Kopf und bedankte mich.

Im Leben stellt man sich viele Fragen und die meisten davon vergisst man wieder, bevor es eine

Antwort darauf gegeben hat. Vor langer Zeit, fiel mir ein, hatte ich mich damit beschäftigt, wie unsere Vorfahren vor hunderttausenden von Jahren wohl gedacht hatten. Diese Frühmenschen hatten ja noch keine Sprache besessen. Also konnten sie logischerweise auch nicht in Worten denken. Nur in Bildern. Wie das wohl gewesen sein mochte? Keine Sprache, um seine Gedanken zu formulieren. Nur Bilder und Emotionen.

„Sie waren früher Lehrer?", fragte mein Gesprächspartner. *„Ja",* sagte ich. Und schob ein kurzes *„Deutschlehrer"* nach.

Worte müssen fähig sein, Bilder beim Hörer zu formen. Sonst sind sie nutzlos und tot. Nehmen Sie den einfachen Satz: „Er setzte sich und weinte". Ausnahmslos jeder Mensch hat jetzt eine bildliche Szene vor seinem geistigen Auge. Und dabei ist dieses Bild bei jedem anders. Der eine sieht einen glatzköpfigen Mann, der andere einen jungen Blondschopf. Sitzt der genannte auf einem Stuhl oder hat er sich mitten auf den Boden einer Turnhalle niedergelassen? Und wie weint er? In Strömen und laut schreiend? Oder ganz leise in sich hinein?

„Nicht operabel". Das war ein seltsames Wort: „o-per-a-bel". Von *„Opus",* das Werk. Also war das ein Werk, das nicht ausgeführt werden konnte.

Es gibt Worte, die erzeugen Farben, und es gibt Worte, die glänzen wie ein frischer Regentropfen an einem neu gewachsenen hellgrünen, lichtdurchfluteten Blatt an einer alten Linde. Haben Sie so etwas schon einmal gesehen? Es ist Frühling. Sie liegen auf einer Parkbank und haben den Kopf auf dem Schoß Ihrer Liebsten liegen. Sie sind jung und verliebt und über Ihnen breitet der Lindenbaum sein neues hellgrünes Blätterdach aus. Und die Sonne lässt diesen einen Wassertropfen an dem Blatt über Ihnen nur für Sie erstrahlen.

Irgendwie störte mich mein Gegenüber. Bevor ich die Bilder vor mir richtig verarbeiten konnte, da war er schon wieder weiter. So, dass ich mich ständig mit einem neuen Bild konfrontiert sah, bevor ich das vorige zu Ende gedacht hatte. Jetzt hantierte er noch mit dem anatomischen Modell eines Gehirns. „Wohl aus Kunststoff" dachte ich bei mir. „Kunst-Stoff". Das war ein Wort, das fähig war, viele Bilder und schöne Emotionen auszulösen. Ich lächelte.

„Es tut mir leid, dass ich Ihnen nichts Besseres sagen kann", meinte der andere zu mir. *„Der Tumor sitzt so, dass er zuerst das Sprachzentrum beeinträchtigt."*

Zum ersten Mal hatte ich kein Bild vor mir. „Sprach-zen-trum". Ich war verwirrt und machte jetzt wohl ein ernstes Gesicht. Der andere musste denken, er hätte mich irgendwie mit seiner Mitteilung geschockt oder verletzt, und das war mir peinlich. Dabei fehlte mir nur ein Bild in meinem Kopf. Alle Wörter müssen ein Bild erzeugen, sonst sind sie nutzlos und tot.

Ich wollte jetzt einfach nur nach Hause und meine Bilder zu Ende denken.

Die Geschichte „Der Glanz des Wassertropfens auf einem frischen Lindenblatt" war mein Beitrag zum Kurzgeschichtenwettbewerb des Pegnesischen Blumenordens im Jahr 2018. Der Pegnesische Blumenorden in Nürnberg besteht seit dem Jahr 1644 und dürfte wohl die älteste noch bestehende Literaturgesellschaft in Deutschland sein. Der Text wurde in der Literaturzeitschrift Blattwerk abgedruckt.
Bei der Lesung im sogenannten Irrhain bei Kraftshof in der Nähe von Nürnberg gewann ich mit der Geschichte den ersten Preis – einen goldenen Blumentopf.

Im Großen und Ganzen

Das „große Ganze" oder auch das „im Großen und Ganzen" ist das, was wir vielleicht am ehesten als unseren Gott benennen würden. Es ist eins und doch gleichzeitig mehrere, die miteinander kommunizieren. Schwer beschreibbar und noch schwieriger zu verstehen. Es hat uns Menschen geschaffen und es ist doch nicht der Schöpfer der Welt. Nennen wir es vereinfachend einmal ein Wesen. Das trifft es zwar nicht, hilft aber dem Verständnis etwas weiter. Dieses Wesen ist alt. Richtig, richtig alt. Älter als die Erde. Und es ist unwahrscheinlich mächtig und unglaublich wissend. Es weiß aber nicht alles. Wie die Welt entstanden ist und so weiter, das ist auch dem „Großen und Ganzen" ein Rätsel. Was ist der Sinn von dem allen? Das „Große und Ganze" ist nie hinter dieses Rätsel gekommen. Und so hat es beschlossen, dass es doch weiterhelfen würde, wenn nicht nur es sich den (nicht vorhandenen) Kopf darüber zerbrechen, sondern wenn diese Last auf viele andere verteilt würde. Und so schuf das „Große und Ganze" schließlich die Menschen. Sollten doch diese möglichst selbständig über den Sinn des Lebens nachdenken. Das „Große und Ganze" brauchte dann nur noch die Ergebnisse sozusagen abzugreifen. Das Leben der Menschen hatte also einen Sinn... das war der: über den Sinn des

Lebens nachzudenken. Was die Menschen sonst so trieben, interessierte das „Große und Ganze" normalerweise relativ wenig. Hauptsache, sie blieben auf Trab und lieferten Ergebnisse oder besser gesagt Zwischenergebnisse in Bezug auf das Nachdenken über den Sinn von alledem.

Die Menschen waren übrigens auch nicht der erste Versuch eines über den Sinn nachdenkenden Wesens. Da gab es schon einen kleinen Raubsaurier, der keinen Namen trägt. Von diesem wurden noch keine versteinerten Knochen gefunden. Und wenn, dann würde er bedeutungslos erscheinen zwischen Brachiosaurierskeletten und dem hoch aufragenden Tyrannosaurus Rex mit seinen messerlangen Zähnen. Dieser kleine Saurier besaß jedoch schon ein größeres Hirn als seine Verwandten und er brachte es auf erstaunliche Ideen. So baute er aus kleinen Bäumchen und Schlingpflanzen schon Hängebrücken über schmale Täler und er wohnte in einfachen Hütten. Glauben Sie nicht? Das ist auch schwer beweisbar. Von den einfachen Werken dieses Sauriers blieb in Versteinerungen natürlich auch nichts erhalten. Egal. Mit dem Einschlag des großen Meteoriten war mit diesen Wesen Schluss. Überlebt haben nur ein paar Volldeppen. Aus denen entwickelten sich unsere heutigen Vögel. Strauß und Kakadu genauso wie Spatz und Amsel. So niedlich manche Vogelvertreter auch sind, so wenig intelligent waren ihre Vorfahren im Gegensatz zum eben beschriebenen Saurier.

Und vor diesem gab es auch schon ein Wesen, das über den Sinn des Lebens nachdenken sollte. Das war eine kleine Ammonitenart. Nicht die Schönsten und nicht die Größten, aber welche, die ihre Unterwasserhöhlen mit allerhand bunten Steinchen ausstatteten und die auf ihre Art und Weise miteinander Dispute führten, woher man kam und wohin man nach dem Tod ging. Aber egal... auch ausgestorben.

Das Weltall begann bekanntlich und möglicherweise wahrscheinlich vielleicht mit dem Urknall. Buff. Irgendetwas explodierte und dehnt sich seitdem aus. Vorher war übrigens alles in einer einfachen Holzkiste (mit dem Begriff Holz vereinfache ich wieder einmal etwas) eingepackt. Ja, tatsächlich, das ist kein Witz. Dieses Behältnis stand zusammen mit vielen anderen in einer Art Lagerhaus. Keiner dachte mehr daran. Und Bumm. Genau darin sollte sich dummerweise der Urknall ereignen. Dieser blieb logischerweise nicht lange in der Kiste. In winzigsten Bruchteilen einer Sekunde dehnte sich aus dem Urknall heraus unser Weltall aus. Die Wesen und die Welt um den Behälter herum... nun, ich möchte sagen... es kam wegen der überaus schnellen Entwicklung der Ereignisse niemand mehr dazu, sich Gedanken über dieselbigen zu machen.

Aber das alles war noch lange vor dem „im Großen und Ganzen" und noch viel länger vor den Menschen.

Nun, jetzt ist der Homo sapiens da. Und der macht sich tagein, tagaus Gedanken über den Sinn des Lebens. Das ist gut so, denn dafür ist er ja da. Einzig zu diesem Zweck ist er geschaffen worden. Natürlich hatte sich das „Große und Ganze" auch gefragt, ob es vielleicht selbst einzig aus diesem Zweck existierte und wiederum von jemand anderem geschaffen wurde. Aber auch hier war es zu keinem Ergebnis gekommen. Das war frustrierend. Und alle paar hundert Millionen Jahre verfiel das „Große und Ganze" in eine Art Depression. Sollte es das kleine Experiment mit den denkenden Wesen einfach einstampfen? Es kam eigentlich immer auf das Ergebnis: Nein. Das war ein Selbstläufer geworden. Und wenn es nichts oder nur wenige brauchbare Ansätze bisher gebracht hatte, so machte es nur wenig Mühe, das Experiment am Laufen zu halten. Das Schwierige war der Anfang gewesen. Als das Leben erst einmal da war... man möchte sagen, da war es nicht mehr kaputt zu kriegen. Zumindest fast. Ein paar Betriebsunfälle hatten immer wieder in das Experiment hineingepfuscht. Da war zum Beispiel das große Massensterben am Ende des Kambriums gewesen. Dabei starben achtzig Prozent aller Tier- und Pflanzenarten aus. Da wären recht gute

Kandidaten für über das Leben nachdenkende Wesen dabei gewesen. Ein etwas größerer Klimawandel machte jedoch dem „Großen und Ganzen" hier einen Strich durch die Rechnung. Ärgerlich, aber nach jedem großen Massenaussterben stellte sich heraus, dass die ökologischen Nischen von anderen Wesen gefüllt wurden, die sich durchaus in die gewünschte Richtung entwickelten.

Interessant und unterhaltsam wurde es für das „Große und Ganze" immer dann, wenn diese denkenden Wesen einen Entwicklungsstand erreichten, in dem sie mit ihm zu kommunizieren versuchten. So stellten die intelligenten Ammoniten, Saurier oder Menschen irgendwann immer die gleichen Fragen: Woher kommt die Welt, warum wurde ich erschaffen, was kommt nach dem Tod, was ist der Sinn des Lebens? Eine befriedigende Antwort konnte das „Große und Ganze" logischerweise nicht geben. Schließlich hatte es die Wesen ja selbst dazu erschaffen, um den Sinn hinter all dem zu erfahren.

Äußerst interessant war die Entwicklung, dass die Menschen neuerdings selbst versuchten, denkende Wesen zu erschaffen. Computer nannten sie das. Das „Große und Ganze" war zum einen fasziniert von dieser neuerlichen Entwicklung. Zum anderen begann es wieder in eine Depression abzugleiten.

Dieser ganze Umstand erinnerte es wieder an die eigene alte Frage, ob es vielleicht selbst von jemandem erschaffen worden war. Vielleicht auch, um den Sinn hinter allem zu überdenken. Und war dann der Erschaffer wiederum erschaffen worden und so weiter und so weiter? Wo war dann der Anfang? Was, wenn ein hochintelligenter Computer der Menschen andere künstliche Wesen erschaffen würde? Wäre dann der Erstere der Gott der anderen? Die Depression war nun perfekt. Das „Große und Ganze" beschloss eine kleine Auszeit von der Menschheit zu nehmen. Vielleicht lieferten die zukünftigen Computerwesen ja bessere Ergebnisse beim Nachdenken über den Sinn des Lebens? Die Menschen machten sich damit selbst langsam entbehrlich, ohne es zu merken. Aber wie bei den Massenaussterbereien der Vergangenheit rückte ja hier ein denkendes Maschinen-Wesen nach.

Sie fragen sich, ob das „Große und Ganze" nicht irgendwann so etwas wie Mitleid mit seinen Wesen empfand? Egal ob Ammonit, Saurier oder Mensch. Haben Sie einen Computer zuhause oder im Büro stehen? Haben Sie sich schon einmal gefragt, wie es den Elektronen in Ihrem Rechner so geht? Ob sich diese wohl fühlen? Ob sich die kleinen Elektronen tagaus, tagein nicht mit schier unlösbaren Problemen herumschlagen müssen und diese wirklich darunter mental leiden? Nein? Sehen

Sie, solche Fragen wären für das "Große und Ganze" genauso unsinnig.

Nun war erst einmal die Auszeit angesagt. Und danach würde man schon sehen, ob der Mensch brauchbare Gedanken lieferte. Oder ob inzwischen ein anderes Wesen diese Lücke geschlossen hatte. Solange es nicht die Vögel waren! Die Zukunft würde es aufzeigen.

Apropos Zukunft: Irgendwo in einer Stadt, deren Namen kaum einer kennt, dort gibt es ein altes Lagerhaus. Durch das Dach regnet es schon hinein und die Fenster sind teilweise zersprungen. Dort steht ein Stapel mit Holzkisten. Der Eigentümer ist leider Konkurs gegangen und was in den Behältern ist, interessiert schon lange keinen mehr...

Das Gedächtnis der Dinge

Wissen Sie, was ein Schleuderblei bei den alten Römern war? Ich erzähle es Ihnen. Eine Schleuder war eine tödliche Waffe. Sie bestand aus Leder oder aus einem gewebten Tuch. Und ein geübter Kämpfer konnte damit einen kleinen ovalen Bleiklumpen dreihundert Meter weit werfen. Wenn dann jemand im Weg stand, war das für denjenigen nicht unbedingt von Vorteil. Ich sehe dieses Metallstück gerade fliegen. Nein, besser gesagt, ich sehe die Welt aus Sicht dieses fliegenden Bleiklumpens. Und ich sehe das Gesicht eines Germanen; oder wie auch immer sich dieser junge bärtige Krieger nannte, auf den es gerade zufliegt. Das meine ich jetzt nicht als Metapher. Ich sehe das wirklich. Das letzte Mal, dass ich über diese Sache gesprochen habe, muss ich so um die fünfzehn gewesen sein. Schweigen wir einfach über die Reaktionen. Seitdem lasse ich das lieber bleiben.

Dieses Schleuderblei wurde nach der Schlacht eingesammelt und eingeschmolzen. Das Metallstück hielt die nächsten paar hundert Jahre eine eiserne Türangel in einem Granitstein fest. Schließlich war es Bestandteil einer bleiernen Wasserleitung zu einem Laufbrunnen und als diese um 1900 herum herausgerissen wurde, hat jemand das Bleistück in eine Gießform gekippt und daraus einen Briefbeschwerer gegossen. Der stand jahrelang auf dem Dachboden meines Elternhauses. Kurioserweise stellte die Figur einen bärtigen Germanenkrieger dar. Zumindest einen, wie man ihn sich um 1900 herum vorstellte.

Ich glaube, mit diesem begann mein verrücktes Abenteuer. Denn sobald ich die Figur berührte, wonach ich mir wegen des giftigen Bleis natürlich immer die Hände wusch, sah ich die Welt aus Sicht des Metalls. Ich sah die Geschichte und die Welt aus Sicht des Bleis. Ich sah das Brunnenrohr, ich sah die Türangel und ich sah die Geschichte des römischen Schleuderbleis. Und immer wieder sah ich das verblüffte Gesicht des germanischen Kriegers, auf den das Bleistück zuraste. Dazu muss man wissen, dass solche Geschosse eine Geschwindigkeit von etwa 75 Metern in der Sekunde hatten. Ja, ich habe nachgelesen.

Als Knirps dachte ich nicht weiter über diese Gabe nach und auch meine Eltern hielten dies für eine etwas zu gut verteilte Portion an kindlicher Phantasie. Als Jugendlicher galt ich als Sonderling. Bei manchen auch als Spinner. Und irgendwann hielt ich dann einfach meine Klappe.

Seitdem verfolgt mich diese Gabe. Ich nenne es einfach einmal Gabe. Denn ein anderer Begriff fehlt mir dafür. Ich kann das weder steuern noch irgendwie sinnvoll anwenden. Bei der Berührung mancher Gegenstände sehe ich deren Geschichte. Am ehesten funktioniert dies bei Metall oder Stein.

Auch Papier ist ganz gut. Als Heranwachsender frustrierte es mich unheimlich, dass ich diese seherische Funktion nicht gezielt anwenden konnte. Ich verfiel sogar eine ganze Zeit lang in eine depressive Phase. Mit Anfang vierzig bin ich darüber aber längst hinweg und habe mich damit einfach arrangiert. Wenn sich alle paar Wochen bei der Berührung irgendeines Gegenstands eine Geschichte einstellt, so nehme ich das einfach hin. Manchmal freue ich mich, hin und wieder graust mir. Eine tiefere Bedeutung hat das für mich eigentlich fast nie. Sie bemerken hier schon meine Einschränkung mit „fast".

Gerade in einer Großstadt wie Berlin ist man mit zahlreichen Dingen umgeben, die Geschichte erlebt haben. Aber an die wirklich interessanten Gegenstände kommt man einfach nicht heran. Ich kann mir nicht vorstellen, dass man im Museum begeistert wäre über meine Anfrage, einmal die Nofretete tätscheln zu dürfen. Am Pergamonaltar war ich tatsächlich erfolgreich. Doch nicht immer ist der Hauch der Geschichte besonders erhebend. Ich sah einen griechischen Steinklopfer mit blödem Gesichtsausdruck, wie er gerade auf dem entsprechenden Felsblock herumklopfte. Verschwitzt war er und wahrscheinlich stank er wie eine Mischung aus zwei Wochen getragenem Unterhemd und billiger Weinschenke. Der Geruchssinn spielt bei meiner Gabe jedoch keine

Rolle. Es geht rein ums Sehen. Am alten Ischtar-Stadttor im Museum dachte ich, ich könnte vielleicht König Nebukadnezar höchstpersönlich vorbeischreiten sehen. Und tatsächlich gelang es mir, eine der bunten Kacheln zu berühren, mit denen das Tor verkleidet ist. Alles was ich sah, war ein Restaurator, der in der Vorkriegszeit die Fliese einsetzte. Damals wusste ich noch nicht, dass die meisten dieser Tonkacheln moderne Nachahmungen sind. Schade. Wobei mich das Törchen heute noch erstaunt.

Als eine positive Erinnerung bleibt mir ein kleiner Plüschbär. Widerstrebend war ich als Sechzehnjähriger mit meinen Eltern in den Berliner Zoo gegangen. Auf einer Bank auf dem Gelände lag ein kleiner Stoffbär. Verknuddelt und tausendmal gedrückt von einem kleinen Mädchen. Das etwa sechs oder sieben Jahre alte Mädchen sah ich, als ich den Bär in die Hand nahm. Das alles hätte nichts geholfen. Ich kann ja keine Adressen sehen. Sie kam mir aber bekannt vor. Ja, ich hatte das Mädel zwei Straßen weiter schon öfter in einem Garten gesehen. Ich nahm also das Stofftier mit, klingelte am nächsten Tag dort und fragte, ob der Bär hier vermisst würde. Natürlich hatte ich Recht gehabt und es gab ein großes Wiedersehen zwischen Mädchen und Bär. Der Bärli war wieder da! Und auch die zu Tode genervten Eltern weinten vor lauter Rührung. Wie übrigens auch ich, allerdings erst, nachdem ich wieder alleine war.

Nicht immer waren meine Erinnerungen positiv. Bei einer Großstadt wie Berlin sollte man meinen, dass ich mit meiner Gabe ständig auf große und erhebende Spuren der Weltgeschichte stoßen sollte. Dem war aber keineswegs so. Zum Ersten funktionierte das, aus welchen Gründen auch immer, nur bei manchen Gegenständen. Zum Zweiten kam diese Sache auch nur alle paar Wochen vor. Und zum Dritten funktionierte das auch nur, wenn ich einen Originalgegenstand berühren konnte. Ein Stein, der erst 1970 in der Allee unter den Linden vermauert wurde, der konnte mir schlecht etwas aus der Kaiserzeit zeigen. Immer wieder hatte ich versucht, mich unauffällig an die Säulen des Brandenburger Tors zu lehnen und beim Kontakt mit meiner Hand etwas zu spüren. Nichts. Das Tor war und blieb mir gegenüber tot.

Da waren auch traurige Geschichten. In einem Antiquariat unweit des Roten Rathauses hielt ich ein kleines Geographiebuch aus der Zeit um 1860 in der Hand. Das erzählte mir seine Geschichte von der Zeit der Papiermühle an bis heute. Von 1870 an bis ins Dritte Reich hatte es einer jüdischen Familie hier in Berlin gehört. Ganz in der Nähe war das gewesen. Und ich sah aus Sicht des Buchs, wie die Familie mit ihrem Koffer die Wohnung für immer verließ und deportiert wurde. Vermutlich waren die älteren Leute kurz darauf in Auschwitz ermordet worden. Nachdem ich wohl eine halbe Stunde auf die Schrift gestarrt hatte, wurde ich vom Besitzer des Antiquariats freundlich, aber bestimmt darauf hingewiesen, dass man das Buch natürlich auf käuflich erwerben könnte. Verlegen legte ich es wieder zurück und kaufte peinlich berührt einen Stahlstich mit Alpenpanorama um 1890 und eine kleine Mappe mit eingeklebten alten Zeitungsausschnitten. Der Stich hat mir zwar nie gefallen, hängt aber noch heute auf meinem Flur. Die Mappe jedoch führte zur wohl bewegendsten Geschichte, die ich bisher erlebt hatte. Doch zunächst nahm ich mir vor, nie wieder ein Antiquariat zu betreten. Zu groß erschien mir die Gefahr, dass ich auf traurige Vorkommnisse stieß, die mich nur seelisch herunterzogen und die ich eh nicht ändern konnte.

Die Antiquariatskäufe legte ich zuhause in eine Schublade und vergaß sie erst einmal wieder.

Über die kleine Mappe, die eigentlich eher ein Notizbuch war, stolperte ich erst ein paar Monate später wieder. Sie stellte sich als ein buntes Sammelsurium von Zeitungsausschnitten mit oft dazugekritzelten Anmerkungen heraus. Es machte ein wenig den Eindruck eines Tagebuchs auf mich. Wobei die Einträge und Zeitungsartikel keineswegs chronologisch eingetragen waren. Vielmehr war das

Ganze themenbezogen. Es begann 1963 mit mehreren Artikeln über Kennedys berühmte Ich-bin-ein-Berliner-Rede. Mit Kugelschreiber war in einem Bild mit einer Menschenmenge ein Pfeil gezeichnet worden. Daneben stand „hier stehe ich". Neben allerhand belanglosen Artikeln fand sich zum Beispiel auch etwas über einen 48-stündigen Besuch Martin Luther Kings 1964 in Berlin. Das wusste ich auch noch nicht, dass King damals in der Stadt war. Ein anderer Artikel ging wiederum über den Besuch der britischen Queen 1965 in der Stadt. Der letzte Artikel war von September 1965. Die Rolling Stones würden ein Konzert auf der Waldbühne in Berlin geben.

Während des Durchblätterns hatte ich von meiner Gabe nichts gespürt. Das änderte sich, als ich einen kleinen eingelegten Papierschnipsel erfasste. Die Erinnerungen dieses Fragments trafen mich wie ein Blitz. So wie hier hatte ich das noch nie gespürt. Eine Mischung aus Abenteuer, Liebe, Enttäuschung, Musik, Rhythmus und ich weiß nicht was sonst noch alles für Gefühlen. Ich hatte das Papier im ersten Moment fallen lassen und es dauerte etwas, bis ich es wieder nehmen konnte. Es war eine Eintrittskarte zu diesem Rolling-Stones-Konzert 1965. Auf die Rückseite war mit Bleistift ein Name, eine Adresse und eine Telefonnummer hingekritzelt worden. Ich staunte noch mehr. Julia Makrowski stand da. Es stellte sich heraus, dass ganz hinten im Heft der Name des Eigentümers und seine Anschrift vermerkt waren. Das war draußen in Neukölln. Ob der Mann noch lebte? Und wenn, lebte er dann noch an dieser Adresse? Ich hatte eine erstaunliche Geschichte gesehen.

Schließlich begann ich nachzuforschen. Tatsächlich existierte noch ein Eintrag mit diesem Namen. Ich fuhr also hin und klingelte. Ein Herr mit grauem Vollbart öffnete mir. „Ja"? sagte er fragend und schaute mich etwas misstrauisch an. Ich meinte, ich hätte da etwas, was möglicherweise ihm gehören würde. Sein Blick wurde noch etwas strenger und ich packte das Notizbüchlein mit den Zeitungsausschnitten aus und hielt es ihm hin. Nach einigem Zögern nahm er es in die Hand und blätterte es auf. Dann entgleisten ihm förmlich die Gesichtszüge. Das sei ja unglaublich, meinte er. Nach all den Jahren. Er bat mich herein und überschüttete mich mit Fragen. Bei der Beantwortung blieb ich durchaus bei der Wahrheit, erwähnte aber logischerweise nichts von meiner Gabe. Nun hatte ich aber auch etliche Gegenfragen. Er lächelte und sein Blick richtete sich irgendwohin in eine Raumecke. Ja, das war 1965. Er war damals 17 gewesen und hatte mit Freunden das große Rolling Stones Konzert auf der Waldbühne besucht. Das ist damals komplett entgleist. Die über 20.000 Besucher hatten mit allem geworfen, was nicht niet- und nagelfest war und schließlich die Bühne gestürmt. Es gab haufenweise Festnahmen und die Waldbühne war danach schrottreif. Er habe von alledem aber kaum etwas mitbekommen. Ganz zu Anfang vor dem Konzert hatte er ein Mädchen kennengelernt. Eine gewisse Julia. Den Nachnamen hatte er gar nicht mitbekommen. Den Rest des Abends hatten sie draußen geknutscht wie die Verrückten. Sie hatte ihm Namen und Telefonnummer hinten auf die Eintrittskarte geschrieben. Dabei drehte er die vergilbte Karte um und las „Julia Makrowski". Ja, den Nachnamen hatte er damals nicht gewusst. Danach war er in den Tumult vor der Waldbühne geraten und dabei musste er das Büchlein mit der Eintrittskarte und der Telefonnummer verloren haben. „Ick hab das Mädel nie wieder gesehen" meinte er und guckte dabei ein bisschen traurig. Er war dann Lehrer geworden, hatte geheiratet und drei Kinder bekommen. Inzwischen war er natürlich in Pension. Seine Frau sei aber leider vor drei Jahren schon an Krebs gestorben. *Wer weiß, was geworden wäre, wenn ich das Buch damals nicht verloren hätte".* Ich machte ihm tatsächlich den Vorschlag: er solle doch einfach einmal unter der Adresse auf der Rückseite der Karte nachfragen. Er schaute etwas verlegen, wackelte mit dem Kopf hin und her und sagte dann lachend, *„Wer weiß, vielleicht mache ich das irgendwann noch einmal".* Schließlich verabschiedete ich mich. Er wollte mir noch meine Auslagen ersetzen, aber das lehnte ich ab.

Manchmal ist es so, dass ich nicht weiß, ob die Geschichten, die ich sehe, wirklich passiert sind. Oder ob mir die Fantasie einen Streich spielt. Aber meistens, vielleicht intuitiv, weiß ich, was echt ist und was nicht. Ob der graubärtige, sympathische Herr seine Jugendliebe anrufen würde? Wenn er es tut, dann werde ich es bestimmt erfahren. Julia Makrowski, so hieß meine Mutter, als sie noch unverheiratet war. Der Mann hatte also 1965 mit meiner Mama geknutscht. Was man nicht alles so erfuhr. Inzwischen ist auch sie Witwe. Zwar wohnt sie nicht mehr unter ihrer alten Anschrift in Spandau, aber ihr Bruder ist noch dort. Die Adresse wäre also für den Herrn durchaus herauszubekommen. Wir werden sehen, was die Zeit bringt.

Nun, genug davon. Aber um die Geschichte abzurunden, erzähle ich hier noch folgendes: Nach den Ereignissen der letzten Tage habe ich mir eine kleine Auszeit genommen. Eine Woche Urlaub. Ich bin aber nicht verreist, sondern ich habe meine restlichen freien Tage in der Hauptstadt verbracht. Genauer gesagt in Berlin Mitte. Und als ich an der Spree vorbeiging, setzte ich mich auf eine kleine Parkbank. Sie kennen bestimmt diese Bänke mit den auf alt gemachten gusseisernen Wangen links und rechts. Ich setzte mich also dorthin und berührte mehr versehentlich als aus Absicht eines dieser Seitenteile aus Stahl oder Eisen und sah eine Geschichte.

Ein Stück dieser Metallwange der Bank gehörte um 1880 zum Schwungrad einer Dampfmaschine, die später verschrottet wurde. Vorher, bevor sie Dampfmaschine wurde, gehörte dieses Teil zu einer Sense auf einem Bauernhof und hing jahrelang, als sie stumpf war, über einem Balken, verrostete und wurde später eingeschmolzen und zum Teil dieser Dampfmaschine. Zur Sense war das Eisenstück erst um 1750 geschmiedet worden. Davor, ebenfalls Altmetall, war es eine Türangel an einem alten Hirtenhaus. Dieses war dreimal abgebrannt und ebenso oft wieder aufgebaut worden. Und die Türangel wurde jedes Mal wieder an einer anderen Stelle angebracht. Ich sah, wie dieses Metallteil einfach ein eiserner Haken war, der an einem Lastkahn festgenagelt war, der sich auf der Spree bewegte. Quer hindurch zwischen den Städten Cölln und Berlin. Ich sah den einäugigen Schmied, der auf diesen Haken einhämmerte im frühen Mittelalter. Und ich sah auch, aus was er ihn schmiedete. Aus einem alten Helm. Einem unförmigen, alten, verrosteten, verbeulten Helm. Und ich sah diesen Helm. Besser gesagt, ich sah die Welt aus Sicht dieses Helmes. Und ich erblickte ein wildes Schlachtgetümmel und mitten in diesem Schrecken flog etwas auf mich oder besser gesagt auf den Träger dieser Kopfbedeckung zu. Ein Römer hatte sein Schleuderblei auf mich oder den Helmträger geworfen. Und der Blick dieses Trägers richtete sich direkt auf dieses Wurfgeschoss. Sie werden sich nun fragen: was passierte hernach? Ein Ruck nach rechts. Das Blei flog knapp am Helm vorbei, streifte diesen, hinterließ eine schmale Furche und der Kopfschutz richtete sich wieder gerade. Ich hörte ein leises ungläubiges Lachen. Der Träger des Helms wandte sich um und lief Richtung Waldrand. Weg vom Schlachtgetümmel. War das Zufall? War das Fantasie? Oder war es Schicksal, dass ich diese Bilder vor mir sah? Ich weiß es bis heute nicht. Aber, wenn Sie mich fragen, ob ich mir sicher bin, ob dieses Schleuderblei wirklich dasselbe ist, das den Grundstock meiner Schreibtischfigur bildet? Dann sage ich Ihnen: Ich bin mir sicher, dass es sich um das gleiche Bleistück handelt. Was aus diesem germanischen Krieger nach der Schlacht wurde, weiß ich nicht. Ob ihn am Schlachtrand noch ein Pfeil erwischte oder ob er ein langes Leben hatte mit Kindern und Enkeln und erst mit 85 Jahren irgendwo verstarb? Ich weiß es nicht. Aber zumindest kann ich mir sicher sein, das Schleuderblei hat ihn nicht getroffen. Und ich erfreue mich an der Vorstellung, dass er erst als alter Mann gestorben ist. Vielleicht war das hier irgendwo in der Gegend, in der heute Berlin liegt.

Der „Kongo-Sepp" oder „Die Bestie von Brazzaville"

Ich sitze hier auf dem kalten Laminat hinter meiner eigenen Wohnzimmercouch. Glauben Sie mir, das ist kein gutes Gefühl. Zumindest dann nicht, wenn gerade die Glasscheibe der Terrassentür von einem Schuss zertrümmert wurde und die Kugel direkt über einem und dem Sofa in der Wand steckt. Und kalt ist mir trotz des kühlen Bodens gerade wirklich nicht. Gut, ich versuche mich zusammenzureißen. Nur, wenn ich nachdenke, dann werde ich diese Situation auch überleben. Da war dieser rote Punkt an der Wand gewesen. Das kannte man aus Krimis und Thrillern. Ein Scharfschütze mit so einem Laser-Zielfernrohr oder wie man das nannte. Und dann war die Scheibe kaputt und hier saß ich nun hinter dem Sofa. Ich lauschte. War da nicht ein Geräusch gewesen? Im Garten? An der Terrassentür? Ich ging vorsichtig auf die Knie und krabbelte lautlos ans linke Couchende. Natürlich achtete ich darauf, dass auch nicht die kleinste Ecke meines Körpers hinter dem Möbelstück hervorlugte. Mein Versuch, durch den Spalt unter dem Sitzmöbel durchzusehen, scheiterte. So weit konnte ich mein Genick gar nicht ausrenken. Draußen war es schon dunkel und hier drinnen war alles hell erleuchtet. Schlecht, ganz schlecht, dachte ich mir. Wieder hörte ich irgendein Geräusch. Gott, ich hätte die Polizei rufen sollen, als dieser Fremde um das Grundstück herumzuschleichen begann. Jetzt würde ich in wenigen Minuten tot sein.

Als Stefanie und ich das Anwesen zum ersten Mal besichtigt hatten, waren wir sofort begeistert gewesen. Gut, das Häuschen selbst war in einem etwas verwahrlosten Zustand, aber die Bausubstanz war einigermaßen gut und die Lage hier fünfzehn Kilometer vor Passau war ideal für uns. Ich arbeite in einem kleinen Ingenieurbüro direkt am Rand der Altstadt. Ein Haus dort wäre für uns aber nicht bezahlbar gewesen und auch hier draußen mussten wir schon alles zusammenkratzen und einen Kredit aufnehmen. Ich hatte auch kein Problem damit, gewisse Sachen selbst zu machen. Böden verlegen, Wände streichen, eine kleine Mauer hochziehen, Fliesen legen. Nur vom Strom, da ließ ich die Finger weg. Die Lage des Häuschens war herrlich. Direkt an einem sanften Hang an einem niederbayerischen Hügel. Und der nächste Nachbar war 150 Meter entfernt. *„Dös Graffl bleibat aba drin"*, hatte der Verkäufer zu uns gesagt. Das „Graffl" war praktisch die komplette Wohnungseinrichtung und der komplette Hausrat des Vorbesitzers. Der war hochbetagt ein Jahr vorher gestorben. Unser Ansprechpartner war nur der Vertreter einer Erbengemeinschaft aus weit verstreuten Cousins und Cousinen gewesen. Mit dem verstorbenen Hauseigentümer hatten sie anscheinend auch wenig Kontakt gehabt. Etwas mehr erfuhren wir bei der zuständigen Gemeinde. Demnach sei der Mann hoch angesehen gewesen. Im Gesangverein war er und so weiter. Und in seinen jüngeren Jahren sei er lange Zeit in Afrika gewesen und habe „den Schwarzen" dort, entschuldigen Sie bitte, die haben das wirklich so gesagt, also er habe „den Schwarzen" dort lesen und schreiben beigebracht. Deshalb nannte man ihn auch den „Kongo-Sepp". Wir ließen also erst einmal einen Container anrücken und misteten das alte Bauernhaus und das Nebengebäude aus. Das sagt sich jetzt einfacher als es war. Wenn Sie eine Frau haben, die in jedem Gegenstand das Vermächtnis eines ganzen Lebens sieht und diesen dann hin- und herwendet und hinter sich auf den Stapel mit „noch nicht wegwerfen" legt, dann dauert die Entrümpelung den halben Sommer über. Tatsächlich fand sich wirklich noch alles Mögliche Persönliche des alten Mannes hier im Haus. Fotoalben über Fotoalben, in den Schränken die Hosen der letzten 30 Jahre und an den Wänden furchterregende afrikanische Masken. Zumindest bei den Beinkleidern waren wir uns sofort über die Entsorgung einig gewesen. So wurde das Haus langsam leer. Der Krimskrams des Vorbesitzers wanderte teilweise in den Abfallcontainer und teils in Kisten verpackt erst einmal ins Nebengebäude.

Darunter auch die Masken an den Wänden. Stefanie wollte die erst hängen lassen. Ich bestand allerdings darauf, dass sie zumindest in den Kisten verschwanden. Schließlich war Stefanie schwanger und... Nun - nein, ich bin eigentlich nicht abergläubisch. Aber trotzdem ging von den Masken irgendwie etwas Erschreckendes aus. Ja, und dann begann die große Renoviererei.

Langsam krabbelte ich auf allen Vieren rückwärts. Vom anderen Ende des Sofas aus konnte ich möglicherweise unbemerkt in den Flur gelangen. Die rechte Couchecke war von der Terrassentür aus nicht sichtbar. Ganz leise krabbelte ich zurück. Der Spalt zwischen Wand und Möbelstück war so schmal, dass ich mich auch nicht einfach umdrehen konnte. Wollmäuse! Das, was mir in dieser Situation am meisten auffiel, waren die Wollmäuse unter der Couch. Wir lebten jetzt erst seit zwei Jahren im Haus und es ist schier unglaublich, welche Menge an Staub sich in so einer kurzen Zeit hinter den Möbeln ansammeln kann. Ein leises Quietschen und ein Ruck ertönte. Mir stockte der Atem. Das war die Terrassentür hier im Wohnzimmer. Jemand hatte durch das kaputte Glas gegriffen und die Tür über den inneren Hebel geöffnet. Ich glaube, ich atmete jetzt gar nicht mehr. Über dem Rand des Sofas erstrahlte ein roter Lichtpunkt an der weiß getünchten Wand. Ich war so gut wie tot. Die

„Bestie aus Brazzaville" würde mich in wenigen Sekunden töten.

Manchmal macht das Renovieren des eigenen Hauses einen Riesenspaß. Die Freude am eigenen Heim spielt da eine große Rolle. Öfter allerdings hat man große Lust, ein paar Kanister Benzin zu besorgen und alles abzufackeln, damit man dann um den brennenden Haufen herumtanzen darf. Irgendwann wird jedoch auch die schlimmste Baustelle fertig und man zieht ein und der ganze Ärger löst sich in Luft auf. Da wir noch nicht ganz pleite waren, gab es für das Wohnzimmer sogar neue Möbel. Für die anderen Zimmer mussten die alten Sachen aus unserer Passauer Mietwohnung herhalten. Hier ein Bild, dort eine Blumenvase. Für die Deko war Stefanie zuständig. Lediglich im Wohnzimmer wollte sie über dem Sofa schon wieder die Afrikamasken des Vorbesitzers aufhängen. Nichts da, hier legte ich mein Veto ein. Als Stefanie in den Kisten im Schuppen herumkramte, schaute ich ihr über die Schulter. Dabei fiel mein Blick auf ein Fotoalbum des Vorbesitzers. Das staubige Ding wollte ich mir irgendwann einmal näher anschauen. Von den alten Schwarz-weiß-Fotos guckte mich tatsächlich ein Mann mit einem Tropenhelm an. Das musste der „Kongo-Sepp" gewesen sein. Drumherum standen ein paar große, schwarze Afrikaner. „Kongo, 1978" stand mit schwarzem Stift vorne drauf. Dann vergaß ich das Ganze erst einmal wieder.

Die seltsamen Ereignisse begannen vor eineinhalb Wochen. Da war dieser Mann. Zuerst war er nur ein Schatten am Waldrand – aus dem Augenwinkel wahrgenommen. Und sobald man hinsah, war dieser weg. Ein Jemand, ein Etwas, ein Nichts, das das Haus beobachtete. War das ein Einbrecher, der hier spionierte? Die Gestalt lungerte jetzt fast jeden Tag irgendwo in der Nähe herum. Wie schon erwähnt, war der nächste Nachbar ein ganzes Stück entfernt. Dieser Beobachter konnte sich hier nicht zufällig herumtreiben. Vor zwei Tagen lauerte ich ihm auf. Ich versteckte mich hinter der Ecke unseres Nebengebäudes und als er nah genug war, da ging ich ihm schnell entgegen. Der Mann drehte sich um und verschwand. Er war gar nicht weit von mir entfernt, ich hätte aber rennen müssen, um ihn noch zu erwischen. Unter dem Kapuzenpulli konnte ich aber einen großen dunkelhäutigen Menschen erkennen. Dunkelhäutig war etwas untertrieben. Der Mann war finster wie die Nacht. Ein schwarzer Hüne. Und er war nicht mehr unbedingt ganz jung. Stefanie hat von alledem nichts bemerkt. Irgendwie war sie mit unserer Kleinen zu sehr beschäftigt. Gestern fuhren die Zwei für eine Woche zu ihrer Mutter nach Stuttgart. Die Oma sollte auch einmal etwas von ihrer Enkelin haben, meinte sie. Ich schnallte den Babysafe auf dem Rücksitz fest und gab beiden einen dicken Kuss. Als sie weggefahren waren, nahm ich mir das Fotoalbum des verstorbenen Hauseigentümers vor. Ich hatte da einen Verdacht.

Das Album war grob beschriftet und es enthielt augenscheinlich nur Bilder aus Afrika. „Kongo, 1978". Auf vielen Fotos war der „Kongo-Sepp" zu sehen. Inmitten von einheimischen Kongolesen. Zwischendrin eingeklebt waren vergilbte Zeitungsartikel, die den selbstlosen Einsatz des Kongo-Sepps für die „Neger in Afrika" lobten. Ich muss mich schon wieder entschuldigen. Das stand in diesem Zeitungsartikel aber wirklich genau in diesem Wortlaut. Niederbayern 1978, dachte ich bei mir, das war irgendwie wie New Orleans 1930. Ganz hinten im Album waren zwei der dicken Pappblätter zusammengeklebt. Erst dachte ich an irgendetwas ausgelaufenes, dass die Seiten verklebte. Die Seiten hingen aber ohne jeden Schlitz dazwischen richtig fest zusammen, wie absichtlich verleimt. Ich nahm mein Mini-Taschenmesser und trennte die Seiten vorsichtig voneinander. Uiiii, ein Schatzfund, dachte ich bei mir. Tatsächlich fanden sich hier ein paar von Hand geschriebene Blätter. Ich nahm sie heraus und versuchte unter der Leselampe die krakelige Schrift zu entziffern. Das musste vom „Kongo-Sepp" höchstpersönlich stammen. Ich hatte einen Schatz gefunden, ging es mir durch den Kopf. Die Euphorie verflog allerdings so schnell, wie sie gekommen war. Der Text war wirr. Geschrieben in der zittrigen Schrift eines alten Mannes. Und der Inhalt war ebenfalls mysteriös. Soviel verstand ich aber, dass der Schreiber, also der „Kongo-Sepp', Angst hatte. Irgendwann, schrieb er, würde ihn die Bestie einholen. Die Bestie von Brazzaville. So wie diese vor vierzig Jahren mit den Kindern umgegangen wäre, so würde sie ihn jetzt holen.

Der Lichtpunkt über dem Sofa verschwand. Stattdessen ertönte vor mir eine dunkle Männerstimme auf Englisch *„Stand up"*. Ich hob die Hände vorsichtig über den Sofarand und ließ dann langsam mein Haupt folgen. Wenn der andere schießen wollte, dann nutzte auch mein Versteck hinter der Couch nichts mehr. *„Please don´t shoot"*, sagte ich flehend. Vor mir stand der Schwarze, der seit einer Woche um das Haus herumgestreunt war. Er schoss nicht. Mit der kleinen Pistole in der Hand deutete er, dass ich mich aufs Sofa setzen sollte. Ich gebe unser Gespräch jetzt der Einfachheit halber komplett auf Deutsch wieder. Bevor er zu reden anfing, ließ er sich mir gegenüber in einen Sessel fallen. *„Sind Sie sein Sohn?"* fragte er. Ich machte ein verblüfftes Gesicht. *„Sie meinen von dem, der vorher hier wohnte?"*, fragte ich zurück. Er nickte. Ich klärte ihn also auf, dass ich das Haus hier gekauft hätte und der vorherige Eigentümer schon geraume Zeit vorher gestorben wäre. Als mein Gegenüber das hörte, sackte er im Sessel zusammen. Die Pistole legte er auf seinen Schoß und er sagte nichts mehr.

„Ich...", begann ich vorsichtig. Er schaute auf zu mir. „Er hat da ein paar Sachen hinterlassen. Da ist auch eine Art Brief dabei." fuhr ich fort. Der andere starrte mich fragend an. Eigentlich, dachte ich mir, schaut er gar nicht unsympathisch aus. Ich redete also weiter: *„Der Kongo-Sepp, so nannten ihn die Leute, schrieb darin, dass er Angst hatte, dass ihn irgendwann die... die Bestie von Brazzaville holen würde."* Der andere starrte mich noch mehr an. Aus heiterem Himmel fing er an zu lachen. Laut und schallend. *„Und jetzt denken Sie"*, sagte er, *„dass ich diese Bestie von Brazzaville bin?"* Ich nickte vorsichtig.

„Nein" sagte er. *„Die Bestie, die bin nicht ich. Die Bestie, das war der Mann, der vor Ihnen hier in diesem Haus wohnte."* Jetzt war ich verblüfft. In der nachfolgenden Stunde erzählte mir der Mann seine Geschichte. Der, den hier alle als den gemütlichen „Kongo-Sepp" kannten, der war in den 1970er Jahren als Lehrer in das afrikanische Land gekommen. Nur war der Kerl in Wirklichkeit ein richtig mieser Typ gewesen. Zu den Kindern war er nicht nur grausam und brutal. Er lebte an ihnen auch noch seine pädophilen Neigungen aus.

„Glauben Sie mir", sagte der Redner, *„Sie wollen wirklich nicht alles wissen."* Ich nickte. Als Erwachsener war mein Gegenüber zu einigem Wohlstand im Kongo gekommen. Er hatte eine Firma und zwanzig Angestellte. Und da für ihn ein Flugticket nach Europa nicht unerschwinglich war, so wollte er den „Kongo-Sepp" nach Jahrzehnten zur Rede stellen.

Ich schaute ihn an. Was auch immer der Mann mit „zur Rede stellen" genau meinte, so langsam wurde mir erst bewusst, welche grausame Wahrheit hinter dem „Kongo-Sepp" wirklich steckte. Was für ein schmieriges kleines Schweinchen dieser gewesen sein musste. Und nein, ich entschuldige mich jetzt nicht für meine Wortwahl. Übrigens fiel mir bei der Gelegenheit ein kleiner Laserpointer auf, den mein Gegenüber mittels eines Karabinerhakens an einer Gürtelschlaufe befestigt hatte. Soweit zur Zieleinrichtung. Ob ich meinem Gegenüber seine Waffe entreißen könnte? Einfach so? Unmöglich, der Mann war größer als ich und mit Sicherheit auch um einiges stärker. Zudem – er tat mir inzwischen leid mit seiner Lebensgeschichte, die er mir nach und nach erzählte. „Stockholm" dachte ich mir. Ich habe bestimmt das Stockholm-Syndrom.

Und jetzt? Mein Gegenüber hob die Waffe an. Jetzt würde er mich erschießen, dachte ich mir. Ich hatte schließlich sein Gesicht gesehen. „Wie gut können Sie schweigen?" fragte er mich.

Stefanie wunderte sich. Normalerweise kam ihr Mann eigentlich meist zur Begrüßung vor das Haus, wenn sie nach langer Fahrt heimkam. Hatte er sie nicht gehört? Leise schnallte sie den Baby-Safe vom Rücksitz los. Die Kleine hatte die ganze Fahrt durchgeschlafen. Mit der Tragetasche unter dem Arm ging sie zum Haus. Die Terrassentür stand halb offen. *„Paul?"* fragte sie leise ins Wohnzimmer. Sie wollte das Mädchen nicht wecken.

„Hallo Schatz. Ich habe dich gar nicht gehört", kam es aus dem Raum zurück. Ihr Mann richtete sich auf. Er hatte sich nur eben über seinen Werkzeugkasten gebückt gehabt, um seine letzten Sachen einzuräumen. Jetzt bemerkte Stefanie etwas über dem Sofa und machte große Augen.

„Ach Paul, du bist sooo süß", sagte sie und lächelte. Genau mittig über dem Sofa hing eine der afrikanischen Masken, die noch vom Vorbesitzer des Hauses da waren. Stefanie hatten die ja gefallen, aber Paul eben nicht. Und trotzdem hatte er jetzt eine davon für sie als Überraschung hier aufgehängt. Paul grinste seine Frau fröhlich an. Vor allem war er froh, dass die Glastür noch repariert worden war. Das Loch in der Wand war jetzt einstweilen von der Maske verdeckt. Das kam später noch dran. Die Rechnung für die Tür hatte übrigens Matayo gezahlt. Matayo, das war sein

großer schwarzer Freund, der jetzt schon längst wieder in Brazzaville war.

Sie können sprechen

Manchmal, da stieg der große uralte Waller bis an die Oberfläche des Sees hinauf. Dort war die Grenze seines Reichs und auch die des Lebens. Das wusste er sehr gut. Dort oben konnte er nicht atmen und außerhalb des Wassers gab es für ihn nur den Tod. Und wenn er seinen Rücken längere Zeit darüber erhob, dann trocknete seine Haut aus. Und doch, manchmal drängte es ihn. Besonders nachts streckte er gerne seinen Kopf über die glatte Oberfläche des Wassers und sah in Richtung der bunten Lichter der Stadt am See. So fremdartig dies war, so faszinierend waren für ihn auch die leuchtenden Flecken. So etwas gab es im Wasser nicht. Dort drüben, das war das Reich der anderen. Seit seiner Jugend hatten diese Lichter enorm zugenommen. Doch an diese frühere Zeit konnte sich im See niemand außer ihm erinnern. Teils waren die anderen Seebewohner zu jung, um davon zu wissen und andere waren zu dumm, als dass sie die Wesen außerhalb des Wassers interessiert hätten. Der Wels war hier das älteste Lebewesen. Und er war auch der Einzige, der sich noch erinnern konnte, wie das große Fluggerät vom Himmel herabgestürzt und auf der Wasseroberfläche zerschellt war. Inzwischen war es zum großen Teil im Schlamm versunken. Ganz unten in der untersten Tiefe des Sees. Dort, wo kaum noch Licht hinunterdrang. Und die Zeichen aus weißen und roten Streifen, aus hellen Sternen im blauen Meer, die waren längst verblasst und zugedeckt vom Dreck. Niemand außer dem Waller konnte sich im See erinnern. Er wusste aber noch ganz genau, wie die beiden toten Zweibeiner ausgesehen hatten, die vorne im Fluggerät noch angeschnallt und zerschmettert saßen. Längst waren deren Körper zerfallen und die Knochen waren mit dem Fluggerät im Seegrund versunken. Diese fremdartigen Wesen, das wusste der große Fisch, waren die Erzeuger der Lichter und die Bewohner der Stadt am See.

Mit dem Waller war im Lauf der Jahre etwas Einzigartiges vorgegangen. Immer mehr hatte er verstanden, was um ihn herum eigentlich vorging. Von einem rein instinktgesteuerten Tier ging sein Weg zu einzelnen bewussten Gedanken hinüber. Das hatte ihm Angst gemacht. Das hatte ihn verunsichert. Doch irgendwann kam das Stadium der Erkenntnis. Das war kein schleichender Prozess. Es kam über ihn wie ein Blitzeinschlag. Und im nächsten Moment, da wusste er: Ich bin. Ich bin ein eigenständiges Wesen. Ich habe Verstand. Und sobald dies geschehen war, erwachte in ihm eine unbändige Neugier nach neuen Dingen und nach Wissen. Doch ein Wels kann alt werden und ein See ist ein begrenztes Feld, um Wissen zu erlangen. Die anderen Geschöpfe im Gewässer waren allesamt dumm im Vergleich zum Waller und so geriet er in ein neues Stadium. Nämlich das Stadium der Langeweile.

Die Langeweile bekämpfte der große alte Fisch mit Zahlenspielen im Kopf und mit selbst ausgedachten Rätselfragen. Das zweitintelligenteste Tier im See war ein Karpfen. Manchmal besuchte der Waller diesen am Ostende des Gewässers. *„Die Menschen"*, meinte der Karpfen, *„die können bestimmt mit deinen Zahlen mehr anfangen als ich."* Zahlen waren für den Karpfen ein Rätsel und er brauchte auch nicht mehr zu wissen, als dass ein Wurm und noch ein Wurm eine gute Mahlzeit waren. Trotzdem besuchte der Waller seinen Nachbarn immer gerne. Besser ein normales Gespräch führen, dachte er sich, als gar kein Gespräch führen. So unterhielt sich der Karpfen am liebsten darüber, wo die besten Futterplätze im See wären und wo die Menschen Brotstücke ins Wasser werfen würden. Manchmal versuchte der Waller die Unterhaltung auf für ihn interessantere Angelegenheiten zu richten. So erzählte er dem Karpfen vom alten versunkenen Fluggerät der Menschen, das jetzt vom Schlamm des Seegrunds verzehrt wurde. Der Karpfen meinte aber nur: *„Ach!"* und schwärmte weiter von seinen Würmern und Insektenlarven.

An einem warmen Herbsttag war der Karpfen verschwunden. Einige kleinere Fische erzählten dem Wels unzusammenhängend, dass dieser an einem Angelhaken der Menschen sein Ende gefunden habe. Mehr wussten sie auch nicht und zu mehr Gedanken waren die kleinen Fische auch nicht in der Lage. Das Vorkommnis beschäftigte sie nicht lange und es verstörte sie so, dass sie es lieber schnell wieder vergaßen.

„Schade", dachte der Waller und war wieder alleine.

Ab und zu hingen die Angelschnüre der Menschen mit ihren scharfen Haken ins Wasser hinein. Der Waller machte jedoch einen großen Bogen um die gefährlichen Gerätschaften und ließ sich auch von den anziehend riechenden Würmern an diesen nicht locken.

Nach dem Verschwinden des Karpfens hatte er begonnen, nachts an die Oberfläche des Sees zu steigen und dort die Lichter zu studieren. Da waren die Lichter am Himmel hoch über ihm und da waren die am Rand des Wassers, dort wo die Zweibeiner hausten. Beide Lichtquellen waren für ihn ein großes Rätsel. Woher sollte er auch wissen, was ein Stern oder eine Straßenlaterne waren. Und doch fand er, nur durch seine Beobachtungsgabe und durch langes Nachdenken, so einiges heraus. Die Lichter am Firmament hatten sich noch nie verändert. Die funkelnden Punkte zogen jede Nacht ihre Bahn am finsteren Himmel. Jedes Mal etwas anders. Und doch erschienen sie Jahr für Jahr wieder so wie zuvor. Und auch der große gelbe Mond, der wuchs und verschwand. Und doch kam er etwa alle 29 Tage wieder so wie vorher über das Gewässer. Die Lichter am Rand des Sees, die wurden jedoch Jahr für Jahr mehr. Manche Lichter bewegten sich durch die Nacht und schoben dabei helle Leuchtkegel vor sich her. Das waren Fahrzeuge der Zweibeiner. So etwas wie das alte Fluggerät unten am Seeboden, dachte sich der Waller, nur ohne zu fliegen. Wer so etwas bauen konnte, überlegte er sich, der musste unheimlich intelligent sein. Der Karpfen hatte recht gehabt: Die Menschen könnten mit seinen Zahlen bestimmt mehr anfangen als die Fische.

Und so beobachtete und studierte der Waller die Menschen. Das war nicht einfach. Er beobachtete die Zweibeiner am Seeufer, die, die mit ihren Booten über den See fuhren und auch die Angler. Diese aber immer in gebührendem Abstand. Trotz seiner Bemühungen blieben die Menschen für den Waller ein Rätsel. Und vor allem: sie blieben stumm für ihn. Jedes Tier im Gewässer kommunizierte mit seiner Umwelt. Jede Schnecke, jeder kleine Fisch sendete vielfache Signale an die Umwelt aus. Die Grenze vom Wasser zur Luft schien jedoch nicht nur gefährlich für das Leben der Wasserbewohner zu sein, vielmehr war sie auch eine unüberwindliche Barriere für die Verständigung.

Ohne Zweifel war der alte Waller ein Wesen mit ganz besonderen Eigenschaften. Das wusste auch oder besser gesagt eigentlich nur er selbst. Und so brauchte es wohl auch auf der anderen Seite ein Wesen mit besonderen Eigenschaften, um eine Verständigung herbeizuführen. Jahrelang hatte der Waller beobachtet und gelauert. Nach der Phase der Langeweile war die Phase der Frustration gekommen.

Die Veränderung kam für den Waller zu einem Zeitpunkt, als er nicht mehr daran glauben wollte. Im Frühling brachen die ersten warmen Sonnenstrahlen die dünne Eisschicht am Seerand auf. Die durchsichtigen dünnen Schollen ließen sich mit dem Rücken leicht auseinander schieben. Und plötzlich war die fremde Stimme im Kopf des Wallers. Er hörte zu... und hörte zu... und dachte schließlich: *„Wer bist du?"*

Dann war es einen Moment lang still. Bis die Gegenfrage kam: *„Wer spricht da mit mir?"* Schließlich konnte der Waller die Gestalt am Ufer identifizieren. Dort am Ufer saß eine einzelne Menschengestalt. Und von dieser kam die Stimme in seinem Kopf zu ihm herüber.

Lange unterhielten sich die beiden. *„Hast du die Lichter gemacht?"* fragte der Waller. Der Mensch stutzte. *„Die Lichter? Du meinst all die Straßenlaternen und so weiter? Nein"*, sagte der Mensch. *„Ich bin nicht einmal von hier"*, sprach er weiter. *„Genauer gesagt, bin ich hier sogar ziemlich fremd."*

„Ich kenne euch Menschen", sagte der Waller. *„Ich habe eure Knochen gesehen"*. *„Oh"*, meinte der Mann. Und antwortete: *„Ich kenne euch Fische auch, ich..."* Dann stockte er und verschluckte seinen Satz. Statt dem was er eigentlich sagen wollte, sprach er: *„Wahnsinn, vielleicht bin ich der einzige Mensch, der mit einem Fisch reden kann. Und du bist der einzige Fisch auf der ganzen Welt, der mit einem Menschen sprechen kann"*.

Der Waller schwieg einen Moment. Dann antwortete er: *„Die Welt. Sag, ist sie groß die Welt?"*

„O ja", sagte der Mensch. *„Die Welt ist riesengroß"*. Dann erzählte er davon, dass die Erde in Wirklichkeit eine Kugel im Weltraum ist. Dass sie sich dreht und dass sich zwischen den Ufern gigantische Meere erstrecken. Je mehr der Mensch erzählte, desto kleiner kam sich der Waller vor. Und desto mehr begriff er, wie klein sein See im Gegensatz zur Welt außerhalb war.

Der Mensch kam jeden Tag zum Seeufer. *„Woher weißt du das mit dem Meer?"* fragte der Waller.

„*Nun*", antwortete der Mensch. „*Ich bin selbst darüber gefahren. In einem alten, löchrigen Boot.*"
Der Waller erzählte dem Menschen vom versunkenen Flugzeug am Seegrund und bekam daraufhin die Geschichte vom Weltkrieg erzählt, aus dessen Zeit das Luftfahrzeug wohl stammte. So tauschten sich die beiden fremden Wesen aus, von denen sich jeder in seiner eigenen Welt irgendwie alleine fühlte. Und auch, wenn es sich nach Freundschaft anfühlte, so vermied jeder von ihnen das Wort hierfür. Der Waller, weil er es nicht kannte und der Mensch, weil er zu oft davon enttäuscht worden war.

Eines Tages im Herbst, da sprach der Mensch: „*Heute ist mein letzter Tag. Ich kann dann nicht mehr hierher kommen.*" Der Waller verstand nicht, was „*ausgewiesen*" bedeutete. Beide waren auf ihre eigene Art traurig. „*Danke*", sprach der Mensch. „*Es war ein großes Geschenk für mich, dass ich Dich kennenlernen durfte.*" „*Ja*", sagte der Waller. Dann verabschiedeten sie sich für immer.

Nun war er wieder alleine im See. Der Waller wusste, dass er hier nicht mehr länger bleiben wollte. Er schwamm in die tiefsten Wasser. Dort wo niemals Licht hinkam, dort wo sich auch im längsten Sommer die Temperatur nicht erhöhte. Er glitt vorbei am Rest des alten Flugzeuges, das samt den

Knochen seiner Piloten bald endgültig im Schlamm versunken sein würde. So setzte er seinen Weg fort bis ans Ende des Sees. Dort wo der Fluss das Wasser ins Unbekannte fortspülte. Ohne zu stocken setzte er seine Bahn mit der Strömung fort. Niemand im See oder auch außerhalb hatte bemerkt, dass das Gewässer nun einen Bewohner weniger hatte.

Ausgetanzt

„Entschuldigen Sie bitte, mit dem Tanzen hatte ich es nie so. Ist es noch weit?", fragte ich. Allerdings bereute ich gleich wieder, dass ich etwas gesagt hatte, weil der Tod vor mir nur genervt die Augen verdrehte und weitertanzte. Die Dame hinter mir beschwerte sich, dass ich ihr schon wieder auf den Fuß getreten sei. Ich konnte da nichts dafür. Ich hatte beim Tanzen wirklich schon immer zwei linke Füße gehabt. Und so hatte ich mir das Leben nach dem Tod wirklich nicht ausgemalt. Herzinfarkt mit siebenundvierzig und jetzt war ich hinüber. Als Atheist hatte ich mir eigentlich nie irgendeine Vorstellung vom Jenseits gemacht. Ja, natürlich, da war das Bild, das wir alle irgendwie als Kinder aufgedrückt bekommen haben. Also. Engel holen dich ab und Petrus am Himmelstor und dann der alte Mann auf seinem Thron mit seinem langen weißen Bart. Tatsächlich war dann dieser Typ mit seiner Sense vor mir gestanden und hatte vom Totentanz gefaselt. Gut, ist ja wurscht, dachte ich mir. Tanzt du halt mit. Inzwischen taten mir ehrlich gesagt die Füße schon leicht weh. Unterwegs hatten wir dann noch die betagte Dame hinter mir und einen noch älteren Mann mit Bierbauch und Feinrippunterhemd abgeholt. So tanzten wir also alle händchenhaltend über Weg und Wiese entlang. Der Kerl ganz hinten stank bis zu mir her nach

Alkohol. Er zuckte mit den Schultern und meinte nur entschuldigend *„Leberzirrhose".* Mit der rechten Hand hielt ich mich an der Dame fest. In der Linken hatte ich die Pranke vom Tod. Zum Glück war der kein Gerippe, aber doch eine zaunlattendürre Gestalt mit dunkelgrauem Kapuzenumhang. Recht gesprächig war er ja nicht. Auf meine Fragen murrte er meistens nur etwas. Jetzt ging es abwärts zu einem kleinen Fluss. War da eigentlich bei meinem Tod ein helles, weißes Licht gewesen? Als ich mir gerade die Frage danach gestellt hatte, blieben wir abrupt stehen. Der Tod ließ meine Hand los und starrte auf das Wasser. Offensichtlich wartete er auf etwas. Unwillig murmelte er dann etwas Unverständliches. Ich hätte schwören können, es war so etwas wie „schon wieder zu spät, der Trottel". Ich kann mich aber auch verhört haben. Der Sensenmann bedeutete uns, dass wir uns hinsetzen sollten. Sehr gut, ich wackelte mit den Zehen in meinen Schuhen hin und her. Recht weit konnte ich wirklich nicht mehr tanzen. Wir setzten uns also am Flussufer in den niedrigen warmen Rasen. Ich achtete aber darauf, nicht neben dem Feinripp-Typen zu sitzen. Ich muss mich korrigieren. Der stank nicht einfach nur nach Alkohol. Das war eher eine abgestandene Mischung aus Schnaps, Bier, Urin und fünf Wochen nicht mehr gewechselten Unterhosen. Verzeihen Sie bitte, ich wollte ihre Fantasie jetzt auch nicht überstrapazieren. Der Tod setzte sich ebenfalls ins Gras.

Ich beschloss, es noch einmal zu probieren. *„Sagen Sie"*, meinte ich zum Tod, *„wie ist es denn im Jenseits so allgemein?"* Der Tod schaute mich mit müden Augen an. Ich dachte schon, ich würde wieder keine Antwort erhalten. Da sprach er aber dann doch: *„Was glauben Sie, wie viele Leute mich so etwas ständig fragen?"* Ich zuckte mit den Schultern und er redete weiter: *„Ich habe keine Ahnung, wie es im Jenseits ist. Ich hole die Leute nur ab und dann werden alle hier über den Fluss gebracht. Darüber, wie es drüben ist, kann ich Ihnen nichts sagen. Da heißt es auch für mich immer nur, das sei ein Betriebsgeheimnis und das gehe mich gar nichts an."* Ich war verblüfft. Gerade als ich etwas erwidern wollte, stieß der Kerl von ganz hinten einen Bierrülpser aus von der Lautstärke eines ausgewachsenen Elchs. Die ältere Dame fuhr ihn daraufhin an, dass er ein absolutes Ferkel sei. *„Meine Herrschaften"*, sagte ich. Ich fragte sie beide, ob sie sich jetzt noch kurz vor dem Himmelstor oder so etwas in der Art – so ganz sicher war ich mir da auch nicht – noch in die Haare kriegen wollten. Beide schwiegen daraufhin trotzig. Als ich mich wieder zum Tod umwandte, sah ich, dass sich uns ein langer schmaler Kahn auf dem Wasser näherte. Der Tod stand auf und winkte dem Fährmann mit seiner Sense zu. Gut, dachte ich mir, da bringt uns also direkt der alte Charon über das Wasser. So wie es in den alten Sagen beschrieben wird. Tatsächlich stand am Ende des Bootes eine große, bucklige Gestalt und schob das Gefährt mit seinem langen Stecken über das Gewässer. Irgendwie hatte ich mir so immer Quasimodo, den Glöckner von Notre Dame aus dem Roman von Victor Hugo vorgestellt. *„Der Fährmann bringt euch hinüber",* meinte der Tod zu uns. *„Aha",* sagte ich. War es das? Und wenn ich da gar nicht mit wollte? *„Entschuldigen Sie bitte, Herr Tod",* wandte ich ein. *„Was ist denn, wenn ich lieber hierbleiben möchte?"* Der Tod verdrehte seine Augen und meinte angeödet, dass ihm das mehr oder weniger ziemlich gleichgültig sei. *„Wo wollen Sie denn hin?"* blaffte er mich an. *„Sie sind tot. Mausetot sogar. Wollen Sie herumgeistern und mit Ketten poltern oder so einen Scheiß?"* Die Wortwahl des Sensenmanns brachte mich ehrlich gesagt zum Schweigen. Wahrscheinlich hatte er recht. Ich stellte mich also in die Reihe, um ins Boot einzusteigen. Der Säufer im Unterhemd hatte sich als Erster angestellt, dann die Dame und dann kam ich. *„Fahrtgeld bitte bereit halten",* brummte der Fährmann. Fahrtgeld? War das sein Ernst? Der Feinripp-Typ rümpfte seine rote, großporige Nase und kramte aus der Hosentasche ein paar Kleinmünzen heraus. Er lachte und meinte: *„Ja, Bier kann ich dafür eh keins mehr kaufen."* Dann drückte er dem Fährmann das

Geld in die riesengroße Pranke. Der öffnete eine kleine Truhe an Bord und warf das Metallgeld hinein. Es klimperte darin recht einsam. Der Erste in der Reihe durfte dann seinen Platz an Bord einnehmen. Die Dame war an der Reihe. *„Ähmm, ich habe nichts Bares mitgenommen. Darf ich jetzt gar nicht mit?"* fragte sie schüchtern. *„Immer das Gleiche"*, sagte der Fährmann. *„Haben Sie Knöpfe? Ich nehme auch einen Knopf zur Bezahlung."* Ich sah den Tod neben mir fragend an. Der zuckte nur mit den Schultern und flüsterte mir zu: *„Kaum einer hat mehr Kleingeld in der Tasche. Jetzt verkauft er nebenbei die Knöpfe als Zusatzeinnahme."* Tatsächlich riss sich die Dame den obersten Knopf von der Bluse und überreichte ihn dem Bootsmann. Der öffnete wieder eine Kiste. Dann warf er das erhaltene Teil hinein. Ich war verblüfft. Tatsächlich war die Truhe bis fast obenhin mit Knöpfen angefüllt. Weiße, bunte, hölzerne, Perlmuttknöpfe, Metall und so weiter. Auch die Dame durfte jetzt an Bord. Galant reichte der Fährmann ihr seine Hand zum Einsteigen. Jetzt kam ich dran. *„Öh, ja. Tut mir leid"*, stammelte ich. *„Ich habe auch kein Geld bei mir. Als der Herzinfarkt kam, war ich gerade im Bad."* Hatte ich schon erwähnt, dass ich bis hierher im Morgenmantel getanzt war. Gut, dass ich nicht mehr unter der Dusche gewesen war. *„Knöööpfe?"* fragte der Fährmann und starrte mich an. *„Hören Sie, Herr Charon"*, entgegnete ich, *„ich habe auch* *keine Knöpfe."* „Müller", meinte der Fährmann. *„Häh?"*, sagte ich. *„Ich heiße Müller, nicht Charon"*, blaffte mich mein Gegenüber nun an. Wie leicht man doch alten Sagen auf den Leim ging, dachte ich jetzt bei mir. Der Tod neben mir verdrehte wieder seine Augen. Wie oft hatte er doch solche Situationen erlebt. Konnte man beim Tod eigentlich von „erleben" sprechen. Ihn ödete dieser Job einfach nur noch an. Zudem war Müller dumm wie Brot und diente auch nicht als intellektueller Gesprächspartner und wenn mit einem seiner Kunden wirklich einmal eine interessante Unterhaltung während des Tanzens entstanden war, so war dies leider immer etwas „kurzlebig". Ich stand jetzt da, sah den Tod an und dann den Fährmann Müller, der auch meinen Bademantelgürtel nicht wollte. Der Feinripp-Typ im Boot ließ schon wieder einen Rülpser los und ich fragte mich, wann ich denn endlich aus diesem Alptraum erwachen würde. Das weiße Licht? Es war doch nicht einmal dieses helle, weiße Licht da gewesen?

Ausgestorben

Ich wünsche Ihnen einen schönen Tag. Möge die Sonne scheinen und möge Ihnen neben der Nahrungssuche noch genügend Zeit zur Verfügung stehen für die innere Einkehr oder die Freude am Musizieren oder sonstige angenehme Dinge. Ja, ich bin das, was man später als Neandertaler bezeichnen wird. Und... es gibt da einiges, was ich gerne richtigstellen möchte. Doch lassen Sie mich einfach aus unserer Zeit und von unserem bescheidenen Leben berichten.

Ich beginne an einem Zeitpunkt, an den ich mich besonders gut erinnere. Ich war damals so etwa sieben Jahre alt. Und unsere kleinen Stämme versammelten sich wie jeden Sommer zum großen Haupt- und Kulturtreffen. Wundern Sie sich bitte nicht. Natürlich gab es diese Wörter in unserer Zeit noch nicht. Ich möchte Ihnen jedoch unsere Lebensweise möglichst nah bringen und so verwende ich Begriffe, die den unseren möglichst eng verwandt sind.

Bei diesen jährlichen Treffen ging es natürlich vor allem darum, den Genpool unserer Art schön bunt durchzumischen. Aber auch der Austausch von Neuigkeiten, der Handel mit Gebrauchsgegenständen und viele wichtige Dinge des Lebens waren Bestandteil dieser Versammlungen. Diese eigentlich lebenswichtigen Dinge verschwanden aber fast etwas vor dem Rahmenprogramm. Auf dieses freuten sich nicht nur wir Kinder, sondern alle Mitglieder unserer Stämme. Stellen Sie sich ein wunderschönes Tal vor, in dem tausend Neandertaler ihre Zelte aufgestellt haben. Und jeder, wirklich jeder von ihnen beherrscht ein Musikinstrument, hat sich wunderschöne Lieder oder Geschichten ausgedacht oder rezitiert aus dem Leben unserer Vorfahren in langen Versen.

Spätestens an dieser Stelle meiner Erzählung denken Sie, dass hier etwas nicht stimmen kann. Habe ich recht?

Nun, vergessen Sie bitte nicht: Geschichte wird immer von den Siegern geschrieben. Wer sich vorstellt, dass ich und meine Artgenossen grunzend um ein Feuer herumsaßen und dabei laut schmatzend unsere Mammutkeule verzehrten, der irrt gewaltig. Wir waren das, was man später vielleicht am ehesten als Kulturvolk bezeichnen würde. Außerdem möchte ich erwähnen, dass gegen Mammutkeule wirklich nichts einzuwenden ist. Mir läuft beim Gedanken an dieses Gericht im Honig-Preiselbeermantel wirklich das Wasser im Mund zusammen. Dazu ein leichter Salat aus jungen Löwenzahnblättern. Einfach herrlich.

Aber zurück zu unserem damaligen Jahrestreffen. Es gehörte bei solchen Veranstaltungen einfach zum guten Ton, dass die Künste entsprechend gewürdigt wurden. So gab es einige hervorragende

Maler und Malerinnen. Diese hatten ihre Zelte zu einem Kreis formiert, so dass ein kleiner Hof mit einem Eingang entstanden war. An Holzpfosten gab es eine sehr schöne Bildergalerie. Und, obwohl die Malstile wirklich teilweise sehr verschieden waren, gab es kein Gestreite untereinander. Im Gegenteil. Man lobte die Kunst des anderen und der freute sich wiederum an der Malerei seines Gegenübers. Eine Dame hatte wunderschöne Tierstatuen erschaffen. Diese bestanden aus allerhand Blättern und Rindenteilen. Das alles war mit Baumharz verklebt und mit dünnen, flexiblen Ästchen umwickelt. Wenn ein leichter Wind in die Figuren fuhr, dann wackelte ein künstliches Mammut mit den Ohren und ein Hirsch bewegte seinen Kopf, so dass sein Geweih aus Ästen wie eine Drohgebärde wirkte. Das alles war vor allem für uns Kinder eine fantastische Welt. Natürlich wusste jeder, dass diese Kunstwerke nicht von Dauer waren. Das spielte aber keine Rolle. Wichtig war die Freude des Augenblicks und mitnehmen konnte man all die schönen Sachen auf der Wanderschaft eh nur bedingt und in begrenzten Mengen. Einige Exzentriker waren dazu übergegangen, ihre Bilder tief in den Höhlen an die Felswände zu zeichnen. Aber wer sollte hier schon zur Besichtigung kommen? Kunst musste für den Neandertaler geschaffen sein. Ohne Bewunderer und Betrachter war sie nutzlos.

Neben all den großen und kleinen vergänglichen Werken wurden auch verschiedene Konzerte veranstaltet. Besonders hörenswert war natürlich das Schamanen-Nachwuchskonzert. Ich sage nur Obertongesang. Da gab es wirklich phänomenale Stimmen. Ich weiß noch, wie nervös ich mit meinen sieben Jahren war. Der Grund hierfür war die Aufführung des Kinderchors. Da wir ja unterm Jahr in unseren Kleingruppen unterwegs waren, hatten wir vor der Veranstaltung gerade einmal vier Tage Zeit gehabt, um gemeinsam zu proben. Meine uralte Großmutter hatte sich bereit erklärt, die Übungsstunden für den Chor zu übernehmen. Hätte sie bisher noch keine grauen Haare gehabt, so auf jeden Fall nach dieser halben Woche.

Trotz der anhaltenden Proben war mir das Getuschel im Lager nicht entgangen. Neue Gäste wurden erwartet. Über die Zelte legte sich ein Schleier aus Neugierde und leichter Nervosität. Als Kind verstand ich erst nicht, was so anders sein sollte an diesen Leuten. Natürlich, ein Clan, den man noch nie gesehen hatte, der war schon fremd. Letztendlich waren wir aber alle doch Neandertaler. Nun, weit gefehlt. Soweit ich heraushörte, waren diese Gäste eben wirklich anders. Es waren für uns wahrhaft fremde Gestalten. Dem Leser geht wohl schon ein Licht auf? Richtig, es waren sogenannte Homo sapiens. Es war nur ein kleines Grüppchen.

Aus meiner Erinnerung heraus würde ich sagen, so fünf oder sechs erwachsene Männchen.

Wie alle Gäste, so wurden auch diese herzlich willkommen geheißen. Jetzt weiß ich nicht, ob diese Exemplare des Homo sapiens besonders grobschlächtige Typen waren. Jedenfalls war ihr Verhalten nicht unbedingt so, wie es angemessen gewesen wäre. Zuerst einmal wurde alles betatscht, was in Reichweite war. Den Künstlern entgleisten so ziemlich alle Gesichtszüge, als die Fremdlinge ihre Kunstwerke anfingerten. Einer der neuen Besucher nahm dem Hirschen sogar den Kopf ab, schüttelte ihn, als ob er erwarte, da müsste doch etwas herausfallen, und setzte dem Torso dann den Schädel wieder schief auf. Beim anschließenden Konzert des Kinderchors fielen sie durch ihre lauten Kommentare auf. Die verstand natürlich niemand, da sich die Sprache von unserer grundsätzlich unterschied, aber die Feierlichkeit der Veranstaltung war natürlich gesprengt. Alles in allem handelte es sich bei diesen Besuchern um Rüpel und man war froh, als diese das Lager wieder verließen.

Nun, das war meine erste Begegnung mit der anderen Menschenart. Es sollte nicht die Letzte sein. Immer mehr wurde klar, dass diese anderen eben… ja, eben anders waren. Das betraf aber leider nicht nur ihr Aussehen, sondern auch das Benehmen und das Verständnis vom Umgang miteinander. Manche waren einfach nur unhöflich, andere sogar feindselig. Von Kultur und von der Freude an schönen Dingen verstand kaum einer etwas. Gut, ich versuche nicht zu verurteilend zu sein. Ich bin jetzt ein alter Mann und meine Frau und Partnerin, die hier am Feuer neben mir sitzt, hat doch so viele gute Gewohnheiten, obwohl sie eine von ihnen ist. Und unsere Kinder und Kindeskinder haben all die schönen Dinge gelernt und mancher spielt die Knochenflöte genauso schön wie jeder Neandertaler. Und Sie, der (oder die) Sie jetzt meine Geschichte lesen, wahrscheinlich sind Sie auch einer meiner entfernten Nachfahren. Bekanntlich gibt es uns Neandertaler ja nicht mehr. Aber ein paar Gene stecken auch in fast jedem Homo sapiens. Und seien Sie froh darum. Denn wo, glauben Sie, wäre denn all Ihr Sinn für Kultur und die Schönheit an sich wohl hergekommen? Mit Sicherheit nicht von Ihren Homo-sapiens-Vorfahren.

Meine Geschichte für Herrn Xiao Bau

Der Name Xiao Bau klingt für mich irgendwie chinesisch oder fernöstlich. Wobei der Mann eigentlich gar nicht so asiatisch aussah. Eigentlich ähnelte er auch keinem Europäer oder Afrikaner. Eher wirkte er auf mich wie eine Mischung aus allen Farben und vielleicht war er das auch. Doch zunächst der Reihe nach. Meine Begegnung mit Herrn Xiao Bau war in München in einem größeren Park. Und das genau an einem 19. Juli, nachmittags um 14.25 Uhr. Ich wohne eigentlich auf dem Land. An diesem Tag haben wir, also meine Frau, ich und unser Sohn, einen Ausflug in die Stadt gemacht. Unser Kleiner saß damals noch im Kinderwagen und brabbelte vor sich hin. Der Vormittag war natürlich wieder etwas stressig gewesen. Wir mussten irgendwie in jeden Laden in der Innenstadt, in dem es Kinderkleidung oder Zubehör gab. Vorhin hatten wir uns in einer Bäckerei mit Getränken und Brotzeit eingedeckt und jetzt wollten wir das hier auf einer der Parkbänke in der Sonne verzehren. Und tatsächlich war eine der Sitzgelegenheiten im Halbschatten frei. Wir schoben den Kinderwagen in Position, setzten uns hin und ich fing auch gleich zu mampfen an. Meine Gattin warf mir kurz einen vorwurfsvollen Blick zu. Schließlich musste sie erst das Kind füttern. Ich zuckte mit den Achseln und meinte: *„Ich habe halt Hunger"*. So legte meine Frau unseren Knaben an ihre Brust. Zur Versöhnung reichte ich ihr eine der Wurstsemmeln, in die sie dann auch herzhaft hineinbiss. Obacht vor hungrigen Partnerinnen, sage ich nur. Natürlich wollte ich die Szene dann auch fotografisch festhalten. So stand ich auf und knipste von meiner kleinen Familie ein Bild mit meiner damals neuen Digitalkamera. Ich sah auf den winzigen Bildschirm und wunderte mich etwas. Im Hintergrund des Bildes, also wirklich ein ganzes Stück dahinter, war etwas verwischt ein Passant zu sehen. Als ich von der Kamera aufsah, stand der auch immer noch dort. Nur vorher war er mir nicht aufgefallen. Dabei war der Mann recht auffallend gekleidet. Er hatte einen schwarzen Anzug mit Weste, dunkler Krawatte und schwarzem Hut an. Das bei 29 Grad Celsius im Schatten. Der Herr stand einfach nur herum und schien etwas zu lesen. Ich beschloss, dass er auf dem Foto nicht weiter störte, sonst hätte ich es wahrscheinlich gleich gelöscht. Als wir mit dem Essen fertig waren, verkündete meine Frau, dass sie nur noch in das eine Geschäft vorne an der Ecke gehen wolle. Großzügig meinte sie aber, dass ich auch gerne hier sitzen bleiben und warten könnte. Das Angebot nahm ich dankend an und sie zog mit Kinderwagen und Nachwuchs in die besagte Richtung. Ich ließ mir derweilen mit geschlossenen Augen die Sonne ins Gesicht scheinen. So bemerkte ich auch nicht, dass sich der

Mann mit Anzug genähert hatte. Erst als er den Sonnenschein mit seinem Schatten verdunkelte, öffnete ich etwas überrascht die Augen. *„Entschuldigen Sie, ist der Platz hier noch frei?"* fragte er mich. Hoffentlich ist das kein Perverser, war mein erster Gedanke. Natürlich bejahte ich seine Frage und er setzte sich mit einem kleinen Zwischenabstand neben mich. Ich wollte mein Gesicht wieder in Richtung Sonne wenden, da sprach er weiter: *„Ich möchte Sie nicht erschrecken, aber darf ich Ihnen kurz etwas zeigen?"* Mein zweiter Gedanke war, dass das hoffentlich kein Drogendealer oder Exhibitionist war. An der Aussprache des Mannes war etwas Seltsames. Zumindest schien er kein Muttersprachler zu sein. *„Um was geht es denn?"* fragte ich vorsichtig. Er hielt mir eine kleine Tafel hin, die er in den Händen hielt. Ein großformatiges Foto. So etwa 20 x 20 cm. Darauf war eine Parkbank und eine Frau mit Kinderwagen abgebildet. Ich stutzte. Das war meine Frau und die Szene, die ich vor einigen Minuten fotografiert hatte. Im Hintergrund war sogar der Mann im schwarzen Anzug zu sehen. *„Was soll das? Wie haben Sie das gemacht?"* fragte ich den Mann mit etwas aggressiver Stimme. *„Seien Sie bitte nicht ärgerlich"*, meinte dieser, *„Ich möchte Ihnen das alles erklären."* Ich sah ihn fragend an: *„Also?"*

Die Erklärung des Mannes ließ mich zuerst ungläubig die rechte Augenbraue hochziehen. Ab der Hälfte saß ich nur noch mit offenem Mund da. Ich möchte seine Schilderung aus meiner Erinnerung heraus wörtlich wiedergeben. Auch, wenn ich mich jetzt nicht für jedes einzelne Wort verbürgen kann. Sie ging so: *„Gut, hören Sie mir bitte einfach zu. Ich habe leider nicht viel Zeit. Darum wäre es schön, wenn Sie mich erst einmal ausreden lassen. Fragen können Sie mir hinterher gerne stellen."* Ich nickte und der Mann im Anzug sprach weiter: *„Ich bin das, was in Ihrer Periode als Zeitreisender bezeichnet wird. Ich weiß, dass sich das sehr seltsam anhört. Deshalb habe ich auch dieses Foto dabei. Als Beweis, dass ich Ihnen nichts vorlüge. Das Bild ist für mich schon über 140 Jahre alt. Auch für uns sind Zeitreisen noch etwas Neues. Das hier ist erst die Dritte, die jemals in der Geschichte der Menschheit unternommen wird. Die erste Zeitreise ging dabei nur um zwei Tage und die andere um acht Wochen zurück in die Vergangenheit. Diese dritte hier aber um über 140 Jahre."* Er machte eine Pause und ich hatte den Eindruck, dass ich jetzt sprechen durfte. *„Äh, und warum hierher?"* Jetzt nickte er. Absolut diese Frage hatte der Anzugmann auch erwartet: *„Die Antwort darauf ist erst einmal ganz einfach und technisch. Diese Bank hier gibt es auch in 140 Jahren noch an diesem Standort. Genau hier steht sie immer noch.*

Allerdings als geschütztes Einzeldenkmal und keiner darf sich mehr darauf setzen. Dazu kommt ihr Foto. Auch dieses existiert so noch immer. Sie sehen ja, hier bin direkt ich im Hintergrund zu sehen. Genau in diesem Moment erscheine ich hier in dieser Zeit. Den Zeitpunkt hat Ihre Digitalkamera unten vermerkt." Tatsächlich war unten Datum und genaue Uhrzeit mit abgedruckt. *„So war es einfach für uns, den Ort und die Zeit einzugeben. Dazu kommt noch, dass ein materialisierender Körper leicht die Umgebungsluft verdrängen kann. Mit festen Gegenständen ist das allerdings... mehr als schwierig. Auf dem Bild ist gut zu sehen, dass an meinem Zielpunkt sonst kein Festkörper in der Nähe ist." „Gut",* sagte ich. *„Nehmen wir einmal an, ich glaube wirklich, dass Sie ein Zeitreisender sind. Was wollen Sie dann von mir? Soll ich irgendwo unterschreiben, damit Ihre Freunde in Ihren Tagen wissen, dass wir miteinander gesprochen haben? Oder was?"* Mein Gegenüber lächelte. *„Nein",* meinte er. *„Das dürfte wohl nicht notwendig sein. Ich brauche vielmehr Ihre Hilfe bei einem Problem."* Jetzt stutzte ich wieder. *„Sagen Sie, Herr...?" „Xiao Bau ist mein Name",* unterbrach er mich. Ich fuhr fort: *„... Herr Xiao Bau. Sie kommen aus einer Zukunft, die meiner Zeit mit Sicherheit technisch absolut überlegen ist. Und dann behaupten Sie, Sie bräuchten meine Hilfe. Wirkt das nicht auch auf Sie selbst, verzeihen Sie, etwas... lächerlich?"*

Ich erwartete, dass er jetzt etwas beleidigt war. Er hatte aber wohl auch mit diesem Einwand gerechnet. Er nahm mir das Bild aus der Hand und drehte es um. Auf der Rückseite war noch einmal das gleiche Bild mit meiner Frau und dem Kinderwagen zu sehen. Vielleicht in etwas schlechterer Qualität. *„Das vordere Bild..."*, meinte Herr Xiao Bau, *„... das ist aus einer unserer Datenbanken. Das Bild hier auf der Rückseite, das haben wir aus der Zukunft zugesandt bekommen. Um ehrlich zu sein, wir haben ein Riesenproblem. Und die Lösung dazu scheint bei Ihnen zu liegen. Wir experimentieren jetzt seit einiger Zeit mit diesen Reisen herum. Inzwischen wissen wir, wie es funktioniert und wie ich schon erwähnt habe: Dies hier ist unsere dritte Zeitreise. Aus physikalischen Gründen können wir nur in die Vergangenheit und von dort glücklicherweise auch wieder zurück zu unserem Ausgangspunkt. Eine Reise rein in die Zukunft ist nicht möglich. Wir stehen noch ganz am Anfang. Wenn die Technik aber voranschreitet, dann dürften in einigen Jahren Zeitreisen sozusagen ein Kinderspiel sein."* Ich zuckte mit den Achseln und meinte: *„Ja und? Dann ist es ja gut. Ich wäre natürlich neugierig, wie es sich so in Jahrhunderten lebt, aber was hat das hier jetzt mit mir zu tun?"* Er redete weiter (anscheinend schwitzte er in seinem Anzug nicht einmal): *„Wie es sich in der Zukunft lebt? Ich darf Ihnen natürlich* *keine Einzelheiten verraten. Aber wir haben schon einige Fortschritte gemacht. Hunger und Armut sind bekämpft. Die bei Ihnen üblichen Krankheiten sind seit siebzig Jahren komplett ausgerottet. Aber zu Wichtigerem: Wenn Zeitreisen in unserer Zukunft kein Problem sind, dann müssten eigentlich dauernd Reisende bei uns erscheinen. Zumindest hatten wir geplant, dass im Rahmen einer Versuchsanordnung die Zeitreisenden der Zukunft im Abstand von einem Jahr bei uns im Labor erscheinen. Heißt: Jemand, der in einem Jahr auf Reise geht, der müsste heute erscheinen."* Ich begann langsam zu verstehen. *„Und es ist niemand erschienen?"* fragte ich. Mein Gegenüber wackelte mit dem Kopf und sprach: *„Ja und nein. Zumindest nicht so, wie wir uns das vorgestellt haben. Tatsächlich ist kein Zeitreisender angekommen. Ich hätte das übrigens auch selbst sein können. Erschienen in der Versuchsanordnung ist allerdings dieses Bild hier auf der Rückseite. Als Papierausdruck. Wir kannten das Foto bis dahin noch gar nicht. Es hätte für uns auch keine Bedeutung gehabt. Dann haben unsere Forscher das Bild schließlich in einer der Datenbanken gefunden. Verstehen Sie jetzt mein Problem? Es erscheint bei uns kein Zeitreisender. Stattdessen bekommen wir aus unserer Zukunft kommentarlos nur dieses Bild von Ihnen auf der Parkbank zugesandt."* Mit großen Augen sah ich jetzt den

Anzugträger an. War hier irgendwo eine versteckte Kamera in den Büschen? Ich musste für irgendeine dieser Überraschungssendungen im Fernsehen vorgesehen sein. Wieder so ein Depp, der auf einen dämlichen Trick hereingefallen war? Oder war das alles Wirklichkeit? *„Ich erwarte eine Antwort von Ihnen"*, sagte der Mann zu mir. *„Hier muss die Lösung dieses Rätsels liegen. Im Übrigen: Falls Sie zweifeln, ob ich wirklich ein Zeitreisender bin: In vier Minuten werde ich mich einfach vor Ihren Augen auflösen und in meine Zeit zurückkehren. Das ist technisch leider nicht anders machbar. Also erschrecken Sie bitte nicht. Aber um Himmels Willen: Bitte geben Sie mir eine Antwort, wenn Sie etwas dazu wissen. Das kann für uns in der Zukunft überlebenswichtig sein."*

Ich schüttelte langsam mit dem Kopf und antwortete: *„Es tut mir leid. Wenn Sie wirklich ein Zeitreisender sind, dann haben Sie Ihre Reise vergebens gemacht. Ich habe nicht die geringste Ahnung, was die Lösung für Ihr Problem sein könnte. Ich habe mich noch nie mit Zeitreisen, außer im Fernsehen, auseinandergesetzt. Und mich hat außer Ihnen auch noch nie ein Zeitreisender besucht."* Der Mann im Anzug nahm das Bild wieder an sich: *„Schade. Wir waren fest der Meinung, dass Sie uns weiterhelfen könnten. Wir wissen einfach nicht, ob wir irgendeiner Katastrophe entgegen gehen. Vielleicht war das mit dem Foto aber alles* *nur ein dummer Zufall."* Er steckte es in die Innentasche seines Jacketts. *„Darf ich Sie noch um etwas bitten?"* sagte er und sah mir dabei tief in die Augen. Ich nickte wortlos. *„Bitte erzählen Sie niemandem von unserer Begegnung",* fuhr er fort. *„Wir können nie wissen, wie wir unter Umständen die Zukunft durch unser Handeln beeinflussen."* Hatte ich bisher noch gezweifelt, ob mein Gegenüber wirklich ein Zeitreisender war, so wurde ich jetzt eines Besseren belehrt. Ich konnte durch ihn hindurch sehen und er wurde immer durchscheinender. *„Machen Sie´s gut",* meinte er noch lächelnd. Dann war er weg. Ich brauchte damals den ganzen Tag, bis ich mich wieder einigermaßen gefangen hatte.

Lieber Herr Xiao Bau: Leider kann ich Ihre letzte Bitte nicht erfüllen. Ich muss sogar über unsere Begegnung reden. Ich muss sogar darüber schreiben. Ich glaube, ich weiß nämlich jetzt, was das Problem in Ihrer Zukunft ist. Und ich hoffe, ich kann Ihnen das hiermit mitteilen. Einen anderen Weg weiß ich nicht. Zwei Tage nach unserer Begegnung auf der Parkbank fühlte ich mich gar nicht mehr gut. Zu dieser Zeit ging eine bis dahin unbekannte Krankheit um. Ich arbeite in einem Labor und war tatsächlich einer der wenigen, die sich damit angesteckt hatten. Ich hatte diese schon, als wir uns auf der Parkbank trafen und miteinander plauderten. Könnte es sein, dass ich Sie angesteckt habe? Könnte es sein, dass Sie diese Viruserkrankung mit in Ihre Zeit genommen haben? Und könnte es sein, dass in Ihren Tagen kein Mensch Abwehrstoffe gegen diese Krankheit hat und diese zu einer noch nie dagewesenen Katastrophe führt?

Ich liege hier seit Tagen auf der Isolierstation eines Krankenhauses. Ob ich die nächsten Stunden überleben werde, weiß ich nicht. Zum Glück scheint wohl kaum jemand sonst angesteckt worden zu sein. Zumindest meine Frau sieht in ihrem Schutzanzug ganz munter aus. Sie weiß das alles hier. Gemeinsam mit ihrem Bruder hat sie nachts die Parkbank abgebaut und gestohlen. Gestern hat die Stadt genau das gleiche Modell wieder aufgestellt. Dieser Weg scheint also zu nichts zu führen. Ich werde meiner Frau diesen Zettel hier zukommen lassen. Das wird in irgendeinem Buch veröffentlicht werden. Vielleicht ist das der beste Weg, eine Nachricht in die Zukunft zu übermitteln.

Lieber Herr Xiao Bau: Ich will Sie hiermit warnen. Reisen Sie nicht zu mir! Wer auch immer Ihnen das Foto aus Ihrer Zukunft zugesandt hat, der wollte Sie wohl genau davor warnen.

Tod eines Heimatforschers

Jetzt saß ich also hier in der kleinen Stadt Cham auf dem Marktplatz und ließ mir von der Kellnerin meinen Cappuccino bringen. Auf dem runden Café-Tischchen lag der alte Aktenordner, der einst meinem Onkel gehört hatte, so dass es mit Getränk, künstlicher Blumendeko und der kleinen Eiskarte im Holzständer etwas eng wurde. Ich nahm den Ordner also auf meinen Schoß, damit die hübsche Kellnerin alles abstellen konnte. So war es mir möglich, den Inhalt besser lesen zu können.

Vera hatte meine Idee für einen verrückten Einfall gehalten, aber gesagt: *„Fahr nur, wenn du dich dabei erholst"*. Sie wollte dieses Wochenende zu ihrer Mutter fahren. Die wohnte zweihundert Kilometer weit weg und Vera fragte mich inzwischen schon gar nicht mehr, ob ich nicht mit dorthin fahren wolle.

Dieser alte, vergilbte Ordner hatte meinem Onkel gehört. Der war zwar eigentlich Finanzbeamter gewesen, beschäftigte sich aber nebenbei mit Heimatforschung. Nach dem Tod meines Onkels wollte mein Cousin alles ausräumen. Mit dem „alten Zeug", damit meinte er den dreiviertel Meter an Geschichtsunterlagen, die im Schrank standen, konnte er nichts anfangen. Das sollte alles in die Altpapiertonne wandern. *„Außer du wüllst´s?",* hatte er zu mir gemeint. Und ich war tatsächlich so doof und hatte alles von Cham nach München in meinem Kofferraum mitgeschleppt. Vera hatte große Augen gemacht. Was ich mit dem Zeug wolle? Nun, das wusste ich ehrlich gesagt selbst nicht so ganz. Cham war mir fremd geworden und mit Geschichte hatte ich mich auch noch nie so richtig beschäftigt. Vielleicht lag es ja am geheimnisumwitterten Ableben meines Onkels.

Ich blätterte die ersten Seiten auf. Natürlich hatte ich den Ordner schon diverse Male überflogen und das Forschungsthema meines Onkels hatte für mich schon etwas von seinem Schrecken eingebüßt.

31. August 1736:

Die Vernehmung der sogenannten „Hirtmirdl" fand im Chamer Rathaus statt. Ihr Baby sollte sie erdrosselt haben, dieses schlechte Weib. Alle paar Jahre wieder kam es vor, dass eine Magd ihr uneheliches Kind, das sie sich von einem Bauern hatte anhängen lassen, verschwinden lassen wollte. Der Richter hob drohend seinen rechten Zeigefinger in die Luft. Sie solle endlich gestehen, dass sie das Kindlein nach der heimlichen Geburt ermordet habe. Doch die Hirtmirdl schüttelte fortwährend nur mit dem Kopf und leugnete. Es wäre schon tot zur Welt gekommen, schluchzte sie und niemals könnte sie einem unschuldigen Kind etwas zu leide tun. Nun reichte es dem Richter endgültig. Zornig konfrontierte er die junge Frau mit den Aussagen der beiden Leichenbeschauer. Sowohl der Bader Eusebius Edlmayr als auch der Heindl hätten zu Protokoll gegeben, dass der Säugling erwürgt worden sei. Der Richter sagte jetzt gar nichts mehr. Er starrte die Hirtmirdl nur noch wütend an und wartete auf deren Reaktion. Diese schüttelte weiter fortwährend den Kopf und richtete den Blick dabei zu Boden. Vielleicht, stammelte sie, wäre es durch die Nabelschnur... Den Satz konnte sie aber nicht beenden. Der Richter schlug mit der Hand auf den Tisch. Bei einem weiteren Leugnen, brüllte er jetzt, würde das Gericht die Anlegung der Daumenschraube anordnen.

Gegenwart:

Vom Café aus hatte ich mit dem Handy meinen Cousin in Cham angerufen. Der war nicht wenig überrascht, dass ich hier war. Natürlich könne ich vorbeikommen. Den Ordner ließ ich lieber im Auto. Ich hatte die Befürchtung, dass mein Verwandter ihn zurückfordern könnte. Dieser fragte aber nicht weiter danach. Auch nicht, als ich im Gespräch vorsichtig auf den Tod seines Vaters, also meines Onkels, vor gut zwei Jahren hinlenkte. Ja, sagte er, das sei schon seltsam gewesen. Nachdem dieser abends nicht heimgekommen sei, habe man gesucht. Erst ein Hundebesitzer habe den Vater dann am anderen Morgen gefunden. Oben am

Galgenberg sei das gewesen. *„Was wollte er denn da oben?"*, fragte ich nach. *„Mei, der Vater halt mit seinem alten Zeug"*, war die Antwort. Mein Cousin richtete die Augen auf den Boden. Manche würden meinen, sagte er langsam, der Vater habe etwas ganz Besonderes gesucht. Vom Dritten Reich würde da geredet und von Raubkunst, die von der SS am Kriegsende hier irgendwo versteckt worden sein soll. Einige würden gar vom Bernsteinzimmer fabulieren. Das seien aber alles Spinner. Ich stutzte. Davon hatte ich noch nicht gehört. Aber in meinem Kopf begannen sich einige Zahnräder zu drehen und einiges, das ich im Ordner gelesen hatte, ergab jetzt eine ganz neue Konstellation. Musste mein Onkel sterben, weil er etwas herausgefunden hatte, was er besser nicht wissen sollte?

Nach dem Besuch bei meinem Cousin war ich mit dem Auto in Richtung Galgenberg hinauf gefahren. Das Wetter hatte sich leider etwas verdüstert. Ich blieb im Wagen sitzen und blätterte wieder im Ordner. Was mein Onkel da so gesammelt hatte, war wirklich eine ganze Menge. Da gab es einen Kupferstich aus dem 18. Jahrhundert, der auf dem Berg oberhalb der Stadt Cham den Galgen zeigte. Etwas unterhalb, aber immer noch über der Stadt, gab es eine zweite Hinrichtungsstätte. Hier wurde geköpft. Wobei die Enthaupteten dann wiederum oben am Galgenberg vom Scharfrichter eingescharrt wurden. Die Art der Todesstrafe richtete sich ganz nach den Delikten. Kindsmörderinnen zum Beispiel wurden geköpft. Anfang des 19. Jahrhunderts hatte man dann in ganz Bayern die Galgen niedergelegt. Das bedeutete zwar kein Ende der Todesstrafe, aber man dachte, dass die fast volksfestartigen Hinrichtungen zu einer Verrohung der Bevölkerung führten. In den Klarsichthüllen lagen die Kopien einiger alter Zeitungsausschnitte von 1938. Damals waren bei Bauarbeiten die Reste des Galgens entdeckt worden und dazu noch eine Menge verscharrter Körper. Ein modernes Foto zeigte drei der aufgefundenen Köpfe, die heute noch im Chamer Stadtarchiv aufbewahrt wurden. Einer war etwas kleiner. Ob er wohl einer Frau oder einem Jugendlichen gehört hatte? Von Anatomie habe ich keine Ahnung. Viel mehr interessierte mich ehrlich gesagt auch der Grund für die Bauarbeiten im Dritten Reich. Damals sollte auf dem Galgenberg eine Luftschutzwarte entstehen. Klar, dies war hier eine der höchsten Erhebungen. Konnte dies eventuell ein Hinweis auf versteckte Dinge am Kriegsende sein? Nein, das war eher unglaubwürdig. Eine Luftschutzwarte war kein Bergwerk, in dem man etwas verbergen konnte. Vor einigen Jahren war ich selbst zu Besuch in einem Schaubergwerk in Thüringen gewesen. Ganz unten gab es da eine Ausstellung. Ein Foto zeigte ein paar

GIs, die dort unten im Bergwerk im Frühling 1945 vor Bergen aus Goldbarren der Reichsbank standen. Daneben waren noch kistenweise geraubte Gemälde eingelagert gewesen. Gewiss, man konnte neben der Luftschutzwarte etwas vergraben haben. Aber das hätte man überall anders auch gekonnt. Und auch, wenn der Onkel solchen Dingen auf der Spur war, wer sollte davon gewusst haben?

Ein grelles Licht ließ mich hochblicken. Das leichte Donnergrollen danach klärte mich über dessen Herkunft auf. Zwei, drei schwere Tropfen klatschten an meine Windschutzscheibe und ich ließ mir auch den ganzen Rest dessen noch durch den Kopf gehen, was mir mein Cousin erzählt hatte. Mit der linken Hand tastete ich nach dem seltsamen Gegenstand in meiner Jackentasche, den er mir zuletzt noch gegeben hatte.

1736:

Die Hirtmirdl war zum zweiten Male befragt worden. Jetzt saß sie wieder in ihrer engen Gefängniszelle. Sorgsam hatte man alles entfernt, was für einen Selbstmord behilflich gewesen wäre. Doch an so etwas dachte die junge Frau nicht. Die Hirtmirdl war weder schön noch besonders intelligent oder gebildet, aber sie hatte beim Herrn Pfarrer aufgepasst. Wer tötete, und wenn auch nur sich selbst, der kam in die Hölle. „Du sollst nicht töten...

du sollst nicht töten". Wiederum hatte sie ihre Unschuld beteuert. Doch wie zu erwarten gewesen war, hatte der Richter ihr nicht geglaubt. Vielmehr ließ er ihr durch den Scharfrichter die Marterinstrumente zeigen. Das war der rechtlich vorgeschriebene zweite Schritt bei einer Befragung. Das wusste sie aber nicht. Vor einer eigentlichen peinlichen Befragung, also einer Folter, mussten dem Delinquenten die Folterinstrumente gezeigt werden. Viele Gefangene gerieten dadurch in einen solchen Schrecken, dass sie die Tat gestanden (oft unabhängig davon, ob sie wirklich schuldig waren). Und ohne ein Geständnis war ein Schuldspruch zumeist nicht möglich.

Die Hirtmirdl schrak auf, als in das Türschloss ihrer Zelle von außen geräuschvoll der Schlüssel eingesteckt wurde. Die Pforte öffnete sich und der Gerichtsdiener erschien darin. *„B´such fia Di"*, sagte er. Und auf seinen Wink huschte eine der Hirtmirdl bekannte Person herein. Eine, die sich diesen Besuch einige Gulden hatte kosten lassen, die jetzt in der Jackentasche des Gerichtsdieners klimperten. Eine Gestalt, die jetzt leise auf die Hirtmirdl einredete. Als sie mit dem Kopf schüttelte, packte sie ihr Gegenüber an den Schultern und schüttelte sie leicht. *„Glaub mia´s"*, flüsterte die Stimme. Dann, als die Person ihre Zelle wieder verlassen hatte, da hielt sie in ihrer linken geschlossenen Faust etwas.

Gegenwart:

So schnell wie der Regen gekommen war, so rasch hatte er auch wieder aufgehört. Die Straßen schwammen noch, aber die Wolken verzogen sich schlagartig und die Sonne brannte genauso herunter wie vor dem Schauer. Nur, dass es jetzt nicht nur heiß, sondern auch wahnsinnig schwül war. Ich blickte meine Büroschuhe an und dann den Acker neben meinem Fahrzeug. Toll, was machte ich auch für Sachen. Den Ordner ließ ich im Auto. Ich nahm nur eine Skizze meines Onkels heraus. Darauf hatte er die Lage des ehemaligen Galgens eingezeichnet. Ich lief also über den klatschnassen Acker und versaute meine Schuhe dabei. Teilweise sank ich bis weit über die Knöchel in den Matsch ein. Ein Bauer mit seinem Traktor fuhr auf einem geteerten Feldweg vorbei. Hinten dran hatte er sein Jauchefass angehängt. Der Blick sagte eindeutig: Was für ein Stadtdepp rennt da über den Acker?

Ich versuchte also auszusehen wie ein harmloser Spaziergänger, ein Naturfreund oder ein Gassigeher, dessen Hund schon weit vorausgeeilt war.

Als mein Onkel vor zwei Jahren hier gestorben war, soll es danach ebenfalls geregnet haben. Deshalb war auch die Suche nach irgendwelchen fremden Spuren am Folgetag, als man ihn gefunden hatte, aussichtslos gewesen.

Weit unter mir lag die Chamer Altstadt. Die neue Bebauung hatte sich aber immer weiter den Hügel heraufgefressen und war jetzt schon fast hier oben angekommen. Es gibt Dinge auf dieser Welt, die kann man nicht erklären. Dazu gehörte momentan auch meine Anwesenheit auf einem überschwemmten Acker. Sollte mein Onkel hier gewaltsam ums Leben gebracht worden sein, so hätte die Zeit schon längst alle Spuren vertilgt. Zudem, was kümmerte es mich, wenn schon mein Cousin als Sohn des Toten kein großes Interesse mehr an der Sache zeigte. Ja, es war das Schatzfieber, das mich gepackt hatte. Das, was am Ende des Zweiten Weltkrieges in Deutschland versteckt und nie wieder gefunden wurde, das musste Milliarden wert sein. Und dabei musste es sich nicht einmal um das Bernsteinzimmer handeln.

Ich tastete wieder nach dem unförmigen Objekt in meiner Jackentasche und zog es heraus. Das also hatte mein Onkel in der Tasche gehabt, als er hier oben gefunden wurde. Ein seltsames Teil. Ein kleiner Aufkleber mit einer handgeschriebenen Nummer zeigte, dass die Spurensicherung den Gegenstand genau registriert hatte.

Gerade, als ich zu meinem Wagen zurückging, summte mein Handy. Zu meiner großen Überraschung war am anderen Ende der Leitung mein Cousin. Er habe sich über die Sache Gedanken gemacht und irgendwie..., nun ja, vielleicht wolle ich einmal mit dem damals zuständigen Ermittler reden. Auf meinen Einwand, dass dieser mir wohl keine Auskunft geben werde, antwortete er, dass dieser mittlerweile in Pension sei, ganz in der Nähe wohne und er ihn vorher einfach anrufen würde. Na gut, dachte ich. Vera würde mir zwar den Kopf abreißen, wenn ich nicht bald heimkäme, aber ich konnte einfach nicht anders.

1736:
Es war vorbei. Die Folter mit der Daumenschraube hatte die Hirtmirdl gebrochen. Schließlich hatte sie alles Mögliche zugegeben. Ja, sie hätte das Kind gewürgt. Ja, es wäre volle Absicht gewesen. „Du sollst nicht töten, du sollst nicht töten". Wiederum öffnete sich ihre Zellentür. Nur diesmal trat der Stadtpfarrer ein. Er nickte der jungen Frau zu. Beten wolle er mit ihr. Um ihr Seelenheil, sagte er mit leiser Stimme. Er war als Seelsorger gekommen, nicht als Ankläger. Die Hirtmirdl nickte, schüttelte dann mit dem Kopf und nickte dann wieder. Sie habe nichts getan, was sie nicht vor Gott verantworten könne, meinte sie nun. Der Pfarrer war verwirrt. Und das Kind, meinte er fragend. Die Hirtmirdl starrte in das Leere und schüttelte wieder den Kopf. Schließlich hob sie ihre beiden Hände, die der Bader verbunden hatte. Der Pfarrer

verstand. Er kniete sich neben sie hin, nahm ihre Hände in die seinen und begann zu beten.

Gegenwart:

Nach zwei Telefonaten mit meinem Cousin und einem eigenen Anruf bei dem pensionierten Polizisten war alles geregelt. Ich solle doch einfach vorbeikommen. Er wohne in einem Dorf ein paar Kilometer weiter und nein, es mache keine Umstände. Als mir der Mann die Haustüre öffnete, war er mir auf Anhieb sympathisch. Ein großer schlanker Mann mit gewaltigem grauem Schnauzer und einem ehrlichen, freundlichen Ausdruck im Gesicht. Meine schmutzstarrenden Schuhe ließ ich vor dem Eingang stehen. Es reichte schon, wenn ich mein eigenes Auto versaut hatte. Natürlich konnte er sich an den Fall noch erinnern. Mein Onkel war in Cham ein bekannter Mann gewesen. Man habe damals ganz genau hingeschaut, meinte mein Gegenüber. Schließlich weiß man nie, was dahinter steckt, wenn ein Toter auf einem Acker herumliegt. Nach einiger Zeit wurde der Fall aber als natürlicher Tod zu den Akten gelegt. Die Diagnose hatte Herzstillstand gelautet. Im Alter, in dem mein Onkel war, sei dies durchaus nichts Ungewöhnliches. Ich hielt jetzt nicht mehr hinter dem Berg und erzählte von den Vermutungen, dass mein Onkel da oben etwas gefunden haben könnte, etwas aus der Kriegszeit. Vielleicht sei er vergrabenen Wertgegenständen auf der Spur gewesen. Der Ex-Polizist lachte, wurde dann aber auch schnell wieder ernst. Etwas nachdenklich schaute er zur Seite. Nun, natürlich könne man nie etwas komplett ausschließen. An irgendwelche Erzählungen vom Bernsteinzimmer glaube er nicht. Das wäre lächerlich. Andererseits... vor einigen Jahren, da habe ein Sondengänger etwas gefunden. Ich horchte auf und rutschte auf meinem Stuhl ein Stück vor.

Ein Schatz sei das nicht gewesen, aber trotzdem war es ein kurioser Fund. Es handelte sich um zwei kleine Metallplomben. Darauf sei der Reichsadler mit dem Hakenkreuz zu sehen gewesen und darunter der Schriftzug „Reichsbank". Auf mein intensives Nachfragen, ob dies auch am Galgenberg gewesen sei, konnte mir der Mann leider keine Antwort geben. Er glaube nicht, aber ganz sicher war er sich dabei auch nicht. Zumindest erinnerte er sich daran, dass man damals angeblich ganz intensiv nachgesucht habe. Von irgendwelchen weiteren Funden wurde zumindest nichts bekannt.

Ich merkte, wie ihn das Thema langsam etwas zu nerven begann und irgendwie war gefühlsmäßig auch das Gesprächsende gekommen.

So zog ich schließlich zum Schluss noch den seltsamen Gegenstand heraus, den mir mein Cousin mitgegeben hatte. Das, sagte ich, hatte mein Onkel damals anscheinend in der Tasche, als er gefunden wurde. Er nahm das Teil in die Hand. *„Ja, sicher"*, sagte er. Und er griff nach dem kleinen Messingröhrchen. Das etwas verbeulte Behältnis war gerade fünf Zentimeter lang und hatte einen Durchmesser von vielleicht sieben Millimetern. Es gab darauf keine Schrift, kein Muster, einfach gar nichts, was auf die Herkunft schließen ließ. Die gebräunte Oberfläche ließ aber an ein höheres Alter des Gegenstands denken. Er betrachtete den winzigen Aufkleber, den vor zwei Jahren seine Kollegen angebracht hatten. Dann zog er oben an der kleinen Kappe an und öffnete so das Röhrchen. An der Innenseite des Deckels war eine Nadel angebracht. Nachdenklich hielt sich der pensionierte Kommissar die Spitze vor seine Augen. Er wisse schon, wohin meine Gedanken gingen. Natürlich habe man sich damals auch Gedanken über eine Vergiftung gemacht. Dieses Röhrchen habe damals offen neben meinem toten Onkel gelegen. Aber alle Untersuchungen seien ins Leere gegangen. Der Gerichtsmediziner sei bei seinem Ergebnis eines natürlichen Todes geblieben. Das Röhrchen war wohl nur ein archäologisches Überbleibsel, das mein Onkel vom Acker aufgelesen habe. Natürlich sei die Nadel untersucht worden, aber man habe daran nichts Außergewöhnliches feststellen können. Allerdings sei das Teil auch über zwölf Stunden in einer Regenpfütze gelegen. Stichstellen? Keine

Ahnung. Ob an meinem Onkel irgendwelche Einstiche festgestellt wurden? Daran könne er sich nicht mehr erinnern.

Er reichte mir das Röhrchen zurück und gab mir den Rat, dass ich mich deswegen doch besser an einen Archäologen wenden solle.

Ich bedankte mich herzlich für die Zeit des älteren Herrn und machte mich schlussendlich wieder auf nach München. Während meiner Fahrt drehten sich meine Gedanken um die Plomben der Reichsbank und um vergrabene Goldbarren. Wahrscheinlich war mein Onkel wohl auf natürlichem Wege aus dem Leben geschieden. Ich war jetzt aber von der Schatzsuche angesteckt. Und einmal in diesem Fieber, kam man wohl nie wieder davon los. Ich beschloss also, mir bei nächster Gelegenheit ein Metallsuchgerät zuzulegen und nach Cham zurückzukehren. Allerdings brauchte Vera davon vorerst nichts zu wissen.

1736:

Der Tag, als die Hirtmirdl sterben musste, war weder kalt, noch besonders warm. Die Sonne verkroch sich an diesem Oktobermorgen hinter einem dunstigen Schleier und eine lange Prozession bewegte sich nun zum Chamer Stadttor hinaus. Vorneweg der Richter mit seinen Leuten. Dann die Hirtmirdl, die in ihren Händen ein kleines Kreuz hielt. Daneben der Pfarrer, der ihr Trost zusprach. Sämtliche Handwerker, herausgeputzt und gerüstet wie zu Fronleichnam und neben diversem Volk auch sämtliche Schulkinder mit ihrem Lehrer. Die Kinder hatten das Lied „O Welt, ich muss dich lassen" üben müssen. Denn nach der Hinrichtung kam noch die Erbauungsrede des Pfarrers und dann sangen die Schüler ihr Lied. Am Rabenstein, so nannte man das gemauerte Podest für die Hinrichtungen mit dem Richtschwert, übernahm der Scharfrichter die Verurteilte. Im Gegensatz zu den kitschigen Darstellungen von Henkern, die sich in den späteren Jahrhunderten verbreiten sollten, war der Mann genauso gekleidet wie seine Zeitgenossen. Zwar einfach und schlicht, aber auch sauber und bürgerlich. Er trug auch keine Gesichtsmaske oder ähnliches. Erst als er die Hirtmirdl über die steinernen Treppenstufen hinaufgeführt hatte, entledigte er sich seiner Jacke. Die Verurteilte musste sich niederknien, was sie auch folgsam und ohne Widerstand tat. In diesen letzten Minuten dachte sie zwischen ihren Gebeten noch einmal an den Gegenstand, den sie immer noch bei sich trug. Niemand hatte ihn entdeckt. Und nein, sie hatte der Versuchung bei den Befragungen widerstanden. So leicht hätte sie sich der Folter durch den Tod entziehen können. Das Gift an der Nadel hätte sie schmerzlos aus dem Leben gebracht und ihr die Daumenschraube erspart.

Doch zu töten war eine Sünde. „Du sollst nicht töten, du sollst nicht..."

Der Scharfrichter stellte sich hinter die Hirtmirdl, holte mit seinem gewaltigen Schwert aus und hieb ihr mit einem Schwung das Haupt ab. Nach den üblichen Zeremonien, Ansprachen, Gebeten – also, als sich die Zuschauer verzogen hatten, da legte er mit seinem Helfer den Kopf und den restlichen Körper auf einen Wagen, brachte ihn den Berg hinauf und verscharrte ihn dann unter dem Galgen.

Der Schamane spricht

Letztens hatte ich einen Traum – einen Alptraum. Das Gefühl, aus dem Schlaf gerissen zu werden und sekundenlang zu brauchen, bis man kapiert hat, dass es eben wirklich nur ein Traum war, das kennt wohl jeder. Ich war jetzt zwar nicht gerade schweißgebadet, wie es oft heißt, aber durchaus in einer gewissen Schockstarre. Vor fünfundzwanzig Jahren hatte ich beruflich eine wichtige Prüfung abgelegt. Dabei war ich einer der Besten meines Kurses gewesen. Warum ich nun heute Nacht im Schlaf diese nochmals ablegen musste, bleibt mir ein Rätsel. Zudem stellte ich mich dabei dermaßen dumm an, wie es eben nur in einem Alptraum möglich ist. Ich hatte ein paar Blätter mit Multiple-Choice-Fragen vor mir liegen. Am Anfang lächelte ich noch arrogant über diese. Das verging mir dann aber, als alle anderen schon ihre Blätter beim Prüfer abgaben. Nur ich las noch die Fragen durch und kapierte einfach nicht, was mir diese sagen wollten. Ich erinnere mich noch, dass dieser Test ganz penibel ausformuliert war. Jetzt, im Wachzustand, kann ich mich an keine einzige Aufgabe mehr erinnern. Vielleicht meinte ich aber auch nur im Traum, dass diese toll formuliert waren. Egal, jedenfalls lief die Zeit ab und ich wurde mit meinen Blättern hinten und vorne nicht fertig. Und rund um mich herum gaben alle anderen Prüflinge mit zufriedenem Gesichtsausdruck ihre Schriftstücke ab. Wer hat sich nach so einem Traum nicht gefragt, was ihm dieser wohl Sinnhaftes mitteilen solle? Tatsächlich gab mir dieses Erlebnis die endgültige Eingebung und die Lösung. Während manche hier irgendwelche Engel oder anderes übersinnliches Geflügel am Werke sehen, ist die Ursache für solche Träume doch einfach in unserer Menschheitsgeschichte zu finden. Ich stellte mir vor, was wohl vor vielen tausenden von Jahren ein Vorfahr von mir geträumt hätte. Dieser Ahn war ein Nomade und ein Jäger. Von schriftlichen Prüfungen wusste er zu seinem Glück noch nichts. Mit seinem kleinen Stamm zog er in der eiszeitlichen Tundra herum und jagte Wildpferde und Mammuts. Wahrheitsgemäß muss man sagen, dass er meistens auch froh um ein Wildkaninchen war. Nun gut. Heute wachte er in seinem Zelt aus Mammutknochen, Ästen und Fellen schweißüberströmt auf. Für Sekunden wusste er nicht, welche Welt die wirkliche war, die aus seinem Traum oder das Innere seines Zeltes. Natürlich hatte er von der Jagd geträumt und vom Versagen dabei. *„Großer Schamane“*, sprach der Jäger zum stammeseigenen Vermittler für jenseitige Dinge, denn dorthin war er gleich nach seinem Traum geeilt. *„Großer Schamane, kannst du mir sagen, was mein Traum bedeuten soll?“* Also ließ sich der Geisterbeschwörer alles erzählen. Im Traum war der Jäger zurückversetzt in die Situation, als er sein erstes Mammut erlegen sollte. Endlich stand er vor dem riesigen Tier. Das kam schnurstracks auf ihn zu und unser Jäger hob seinen rechten Arm, um den Speer direkt ins Herz seiner Jagdbeute zu stoßen. Auf einmal merkte er, dass irgendetwas mit seiner Waffe nicht stimmte. Statt eines Speeres hielt er nur noch einen dünnen Ast in der Hand. Also, eher ein Ästchen oder noch eher einen winzigen Zweig. Natürlich ließ er diesen gleich fallen. Als der Jäger aber nach hinten griff, wo er die restlichen Speere auf dem Rücken trug, hatte er hier wieder nur lauter kleine Äste statt seiner Jagdwaffen dabei. Davon war das Mammut nicht so sehr beeindruckt.

Der Schamane hörte sich das an, nickte und warf ein paar Kräuter in sein Feuerchen, so dass der Jäger einen gewaltigen Hustenanfall bekam. Dann trommelte der Geisterbeschwörer noch eine halbe Stunde auf seiner Schamanentrommel. So wie es sich für einen ordentlichen Kundigen der jenseitigen Welt eben gehörte. „Höre", sagte er schließlich zum Jäger. *„Höre. Wenn du heute zum Jagen gehst, dann kannst du sterben. Nein, dann wirst du sogar sehr wahrscheinlich sterben! So sagen es die Geister!"*

Der Jäger musste erst einmal kräftig schlucken. *„Aber meine Frau sagt…"*. Weiter kam er nicht, dann wurde er wieder vom Schamanen unterbrochen: *„Sag deiner Frau, lieber ein paar*

Tage Beeren statt Fleisch zu essen schadet auch ihr nicht!" Dann war das Gespräch beendet. Der Schamane wusste eben genau, dass der Jäger am Vortag zu tief in den Becher mit vergorenen Trauben geguckt hatte und deswegen noch etwas verkatert war. In diesem Zustand war es eben nicht unbedingt ratsam, einem Mammut gegenüberzustehen.

Der Körper will einem da einfach nur eine Warnung geben. Und jeder Mensch hat tief in seinem Inneren ein Fass voller Ängste. Ich träume von irgendwelchen Prüfungen, der andere von Mammuts und wieder ein anderer von seinem Ausrutscher auf dem Schulweg als Zehnjähriger.

„Nein Schatz", sagte ich. *„Ich kann heute nicht staubsaugen. Ich fürchte, ich könnte heute dabei sterben."* Gut. Immer funktioniert das nicht. Ich musste dann den Keller aufräumen. Der war schon lange überfällig und meine Gattin meinte, dass mich dann der böse Staubsauger nicht verschlucken könne.

Das Gute existiert nicht

Ich fahre nicht gerne Zug. Das liegt unter anderem an der langen Warterei an windigen Bahnsteigen, aber auch daran, dass ich nicht neben lauten, ungehobelten und schlecht riechenden anderen Reisenden sitzen möchte. Und ja, ich habe einfach meine Vorurteile.

Vor zwei Jahren war ich auf einer Dienstreise dann doch mit der Bahn unterwegs. Es war ein Zug spät abends unter der Woche. Ich stieg im kleinen Bahnhof meiner Nachbarstadt zu. Der Waggon war fast leer. Im Abteil, in dem mein reservierter Platz war, saß ein einzelner Herr. *„Guten Abend"*, sagte ich und hievte meine Tasche ins Gepäckfach. Der andere Reisende schaute kurz von seinem Buch auf und grüßte freundlich zurück. Aha, dachte ich mir. Anscheinend war der andere ein Pfarrer. Er hatte diesen weißen Kragen oberhalb seines schwarzen Pullovers, wie ihn eben Geistliche oft tragen. Mir ist entfallen, wie man diesen eigentlich nennt. Zumindest war die Aussicht gut, dass es ein paar ruhige Stunden werden könnten.

Also setzte ich mich schräg gegenüber auf meinen Platz und packte meinen Laptop aus, um noch ein wenig an meinen Tabellen fürs Büro beziehungsweise an meiner Präsentation für übermorgen zu feilen. Der Pfarrer las weiter in seinem Buch. So arbeitete ich dahin, bis meine

Augen müde wurden und sich die Arbeitslust in Unlust verwandelte. Draußen war es pechschwarze Nacht. Leise gähnte ich in meinen Mantelkragen. Schließlich fiel mein Blick auf den Titel des Buches, das mein Gegenüber las. Ich stutzte und sagte leise schmunzelnd: *„Das ist aber ein ungewöhnlicher Buchtitel für einen Geistlichen."* Tatsächlich stand auf dem Buch der Titel „Das Gute existiert nicht". Der Mann ließ den Band auf seinen Schoß sinken. Er lächelte mich an und meinte zitierend: *„Die ihr eintretet, lasst alle Hoffnung fahren." „Das...",* sagte ich: *„... stammt doch von Dante."* Er zog anerkennend die Augenbrauen hoch. *„Ich mag intelligente Menschen",* meinte er: *„Das ist tatsächlich aus der Göttlichen Komödie von Dante Alighieri. Dieser Spruch steht in seinem Stück über dem Eingang zur Hölle."*

Ich lächelte zurück: *„Ah, dann ist das Buch da praktisch Arbeitslektüre? Wobei, entschuldigen Sie, der Titel „Das Gute existiert nicht" für einen gläubigen Mann doch schon etwas... anrüchig sein muss?"* Jetzt klappte der Pfarrer sein Buch komplett zu, so als wolle er seine volle Konzentration auf die Unterhaltung lenken. Er überlegte nur kurz und antwortete dann*: „Nun, Glaube heißt nicht, dass jeder Mensch an das selbe glauben muss. Jeder macht ja andere Erfahrungen in seinem Leben."* Ich fing schon an, es etwas zu bereuen, das Gespräch begonnen zu haben. Da redete der andere weiter:

„Ich zum Beispiel habe die Erfahrung gemacht, dass das Böse überall auf der Welt aufzufinden ist. Im Gegensatz zum Guten." Au Weh! Ein Sektierer, schoss es mir durch den Kopf.

Der andere lächelte wieder: „Jetzt habe ich Sie erschreckt. Nicht wahr?" Ich machte eine abwehrende Geste, man sah mir aber wohl an, dass ich es ganz anders meinte. Nun schmunzelte der Geistliche noch viel mehr. „Ich will Ihnen so spät in der Nacht wirklich kein Gespräch aufdrängen", meinte er. „Aber Sie haben mich als erstes angesprochen. Es gibt ein paar Dinge auf der Welt, die kaum einer weiß. Wenn Sie wollen, dann erzähle ich Ihnen heute Abend davon. Ich spreche da nicht von kitschigem Jesus-liebt-dich-Kram. Sondern von der Wirklichkeit hinter allem. Wollen Sie das hören?" Ich überlegte kurz. Mit so einem Angebot hatte ich heute nicht mehr gerechnet. Die Stimme des anderen war teils weich, hörte sich aber auch etwas rauchig an. Irgendwie erinnerte sie mich an einen Radiosprecher, dessen Name mir nicht mehr einfiel und den ich schon seit zwanzig Jahren vergessen gehabt hatte.

Wollte ich so etwas hören? Wach war ich jetzt jedenfalls wieder und was konnte es schon schaden, etwas zu lauschen? Ich nickte und meinte dann: „Also gut, schießen Sie los. Aber seien Sie mir bitte nicht böse, wenn ich das Gespräch irgendwann abbreche, wenn ich zu müde zum Zuhören bin."

Draußen ratterten unterdessen irgendwelche Provinzbahnhöfe vorbei. Ab und zu hielt der Zug auch. Bei uns stieg aber niemand zu. Der andere schaute eine Zeit lang aus dem Fenster, so als ob er seine Ankündigung schon wieder vergessen hätte. Dann begann er unvermittelt: *„Es gibt Dinge, die wir Menschen nicht wissen können. Sie sind unsichtbar für uns. Sie lassen sich nicht greifen. Gott ist hier ein gutes Beispiel. Wenn Ihnen ein Pfarrer sagt, dass es Gott auf jeden Fall gibt, dann ist er ein Lügner. Niemand kann das wirklich wissen. Wir können das nur glauben. Und es gibt andere Dinge, die wir glauben zu wissen. Das tun wir ganz einfach, weil wir diese mit unseren Sinnen wahrnehmen. Wir schmecken, dass Zucker süß ist, also behaupten wir, dass das eine unumstößliche Tatsache ist. Wir spüren den Schmerz, wenn wir uns mit einem Messer in den Finger schneiden. Niemand käme dabei wohl auf den Gedanken zu sagen, dass der Schmerz nicht echt wäre. Und dann gibt es da noch einen, nennen wir ihn Graubereich. Eine Ansammlung von Dingen, die nur manche Menschen wahrnehmen, weil eben nur sie die Fähigkeit dazu haben."* Ich weiß nicht, wie mein Gesichtsausdruck zu diesem Zeitpunkt seines Monologs war. Mit Sicherheit sah er mir meine Verblüffung, aber auch meine Neugierde an. Einen

Pfarrer, der sagte, dass es Gott möglicherweise nicht gibt, den trifft man nicht alle Tage. Er redete also weiter: *„Ich gebe Ihnen ein Beispiel. Vor ein paar Jahren habe ich in einer Radiosendung von einer Frau in England gehört. Diese hatte die ungewöhnliche Fähigkeit, dass sie riechen konnte, wenn jemand an Parkinson erkrankt war. Bei sämtlichen Tests konnte sie kranke von gesunden Patienten unterscheiden. Sogar, wenn von Parkinson klinisch noch nichts nachzuweisen war, dann roch sie, dass eine Person irgendwann daran erkranken würde. Diese Frau besaß einfach eine unglaubliche Fähigkeit.“* Tatsächlich hatte ich davon auch schon einmal irgendwo gelesen. *„Ohne Tests hätte dieser Frau wohl niemand ihre Eigenschaften geglaubt. Sind wir uns da einig?“* Ich nickte leicht auf seine eher rhetorische Frage hin. *„Nehmen wir einmal an, jemand hat eine andere Fähigkeit“*, fuhr er fort. *„Es handelt sich dabei nicht um eine Krankheit, die derjenige riechen kann. Obwohl, vielleicht kann man das auch als eine Krankheit im weitesten Sinne bezeichnen. Nehmen Sie an, jemand könnte das Böse riechen. Nicht irgendwie im metaphorischen Sinne, sondern richtig riechen mit der Nase.“*

Ich versuchte ein leichtes Grinsen aufzusetzen. Das war aber eher Verlegenheit. *„Und was ist dann mit dem Guten? Wenn man das Böse riechen kann,* *dann doch bestimmt auch das Gute?"*, entgegnete ich.

Er sah mich kurz mit prüfendem Blick an, guckte dann wieder in die Schwärze draußen und redete weiter: *„Das Gute existiert nicht. Es gibt nur das Böse."* Ich stutzte und sah ihn mit fragendem Blick an. *„Passen Sie auf"*, meinte er: *„Ich erkläre Ihnen das. Das, was viele als das Gute bezeichnen, als Gott, Götter, Himmel und so weiter, das ist nicht als solches existent. Es ist einfach nicht da. Das Böse allerdings, das ist Wirklichkeit. Das denkt und lenkt und will uns alle vereinnahmen."* Er lehnte sich in seinem Sitz zurück und machte eine Pause. Ich war so verblüfft über seine Worte, dass ich erst gar nichts erwidern konnte. Schließlich sagte ich aber doch: *„Ist das nicht eine etwas pessimistische Sicht auf die Welt, die Sie da haben, Herr Pfarrer?"* Zu meinem großen Erstaunen lächelte der Mann jetzt. *„Das mag so aussehen, erst einmal. Ich gebe Ihnen ein Beispiel. Stellen Sie sich Gut und Böse als eine Socke vor. Das Böse ist die Socke. Stellen wir sie uns ruhig schwarz vor. Das macht das Bild gleich etwas anschaulicher. Der Strumpf hat ein Loch. Das ist das Gute. Also: böse schwarze Socke und gutes Loch darin, ja?"* Ich nickte und er redete weiter: *„Das Loch ist einfach nichts. Es ist einfach ein Fleck, an dem das Böse fehlt. Nehmen Sie den Rand des Loches weg. Nehmen Sie den Socken rundherum weg. Was bleibt dann noch übrig?*

Nichts. Ein Loch ohne Socken ist einfach nicht da. So ist es auch mit dem Guten. Das Gute ist einfach das Fehlen des Bösen. Das Gute ist das Loch im Socken, solange der Socken auch da ist. Ohne das Böse ist es nichts, ist es einfach nicht da."

Wir hatten nach diesen Sätzen eine recht lebhafte Diskussion, wobei ich mich ehrlich gesagt an Details nicht mehr erinnern kann. Dafür ist zu viel von den danach kommenden Ereignissen überdeckt. Es wurde aber sehr deutlich, dass er mit dieser Person, die das Böse riechen könne, sich selbst meinte. Damit war es ihm recht ernst.

Schließlich bat er um eine kurze Pause, weil er die Zugtoilette aufsuchen musste.

Oben auf der Ablage war seine Tasche. Das Ding sah irgendwie aus wie ein altmodischer Arztkoffer. Und diese Tasche stand einen Spalt weit offen. Wie eine Einladung zum reingucken. Ich weiß nicht, vielleicht war es tatsächlich eine solche gewesen. Ich stand auf und mit meinem Kugelschreiber bog ich den offenen Rand etwas zur Seite. Hätte ich das mit der Hand gemacht, wäre ich mir wie ein Dieb vorgekommen. Der Stift war aber so eine Art geistige Schutzfunktion. Mir stockte fast der Atem. Oben auf irgendwelchen ordentlich zusammengefalteten Kleidungsstücken lag eine Waffe. Ich kenne mich damit nicht aus, aber das Ding hatte einen aufgeschraubten Schalldämpfer. Ich schaute nochmal genau hin, dann setzte ich mich ruckartig wieder auf meinen Sitzplatz und bewegte mich nicht mehr, bis der Geistliche wieder zurückgekommen war.

Ich sah mein Gegenüber an und musste es aussprechen: *„Ich weiß was in Ihrer Tasche ist."* Zu meiner Verblüffung lächelte der Mann. Dazu zuckte er die Schultern. *„Haben Sie keine Angst, dass ich Sie anzeige?",* sprach ich weiter. Er schüttelte leicht den Kopf und antwortete dann: *„Nein, habe ich nicht. Ich würde Sie dann erschießen müssen. Und das wollen Sie bestimmt nicht. Außerdem würde ich dann wohl Ihre ganze Familie töten müssen."* Mich fröstelte. Der Mann deutete auf meine Tasche: *„Ich weiß, wo Sie wohnen."* Tatsächlich hing an meinem Koffer so ein dämlicher Anhänger mit meiner Adresse drauf. Falls das Gepäckstück einmal verloren ging. Ungerührt sprach der Mann weiter: *„Das nur so nebenbei. Sie haben aber nichts von mir zu befürchten, solange ich nichts von Ihnen zu befürchten habe. Ich bin ja kein unberechenbarer Geistesgestörter."* Wobei ich logischerweise an seiner letzten Aussage etwas zweifelte. Ich denke, das wird mir niemand verübeln. Wer meint, dass ich mich jetzt heldenmütig auf den Mann hätte werfen sollen, der muss auch wissen, dass ich gerade einen Meter und zweiundsiebzig messe. Mein Gegenüber war wohl so einen Meter fünfundachtzig groß und gut gebaut. Er schaute jetzt wieder etwas nachdenklich aus dem Fenster. Schließlich flüsterte er leise einen Satz: *„Wer mit Ungeheuern kämpft, mag zusehn, dass er nicht dabei zum Ungeheuer wird. Und wenn du lange in einen Abgrund blickst, blickt der Abgrund auch in dich hinein."* Er sah mich fragend an: *„Kennen Sie das Zitat?"* Ich schüttelte den Kopf. *„Das ist von Nietzsche. Ich finde, es beinhaltet eine sehr tiefe Wahrheit. Wer weiß, was er gerochen hat?"*

Jetzt fuhr der Zug wieder etwas langsamer. Offenbar waren wir kurz vor irgendeinem Halt.

Der Geistliche, oder was auch immer er war, zog seinen kleinen schwarzen Rollkoffer aus der Ablage und stellte ihn neben sich. Dann reichte er mir zum Abschied die Hand und sprach: *„Der Pfad der Gerechten ist zu beiden Seiten gesäumt mit Freveleien der Selbstsüchtigen und der Tyrannei böser Männer. Gesegnet sei der, der im Namen der Barmherzigkeit und des guten Willens die Schwachen durch das Tal der Dunkelheit geleitet."* Ich rätselte zwei Jahre lang über diese Bibelstelle. Dann fand ich heraus, dass dies in Wirklichkeit ein Zitat aus dem Film „Pulp Fiction" von Quentin Tarantino war. Ein Killer verwendet diesen Spruch im Film, bevor er jemanden erschießt.

Als er in der Abteiltür stand, drehte er sich noch einmal um: *„Danke für die Unterhaltung. Das hat gut getan. Mit bösen Menschen oder Deppen* *könnte man nicht so schön über den Tod diskutieren.*" Dann war er weg. Ausgestiegen auf irgendeinem Bahnhof im Nirgendwo.

Hätte ich den Mann damals irgendwie aufhalten sollen? Ich weiß es nicht.

Seit dieser Begegnung bin ich auf jeden Fall nicht mehr Zug gefahren. Ich habe auch mit niemandem darüber gesprochen. Meine Frau wundert sich immer wieder, dass ich mich standhaft weigere, mit der Bahn zu fahren, und noch mehr ist sie erstaunt darüber, dass ich zu schnuppern anfange, wenn uns irgendwelche fremden Leute begegnen. Ich habe aber auch bei den mir unsympathischsten Gestalten bis heute keinen außergewöhnlichen Geruch wahrnehmen können.

Der Autor

 Bernhard Weigl lebt mit Frau und Sohn in der Oberpfalz. Neben mehreren Sachbüchern über historische Themen hat er eine Erzählung verfasst. Er findet es immer wieder faszinierend, Dinge und Ereignisse aus einer gänzlich neuen Perspektive heraus zu betrachten.

Mehr zum Autor und seinen Arbeiten finden Sie auf seiner Homepage:
https://bernhardweigl-buecher.hpage.com